Stefan Dolezal

Elfenchronik

Teil 2

Unter Zwergen

Roman

Bibliografische Information der Deutschen
Nationalbibliothek.
Die Deutsche Nationalbibliothek verzeichnet diese
Publikation in der Deutschen Nationalbibliografie, detaillierte
bibliografische Daten sind im Internet unter http://dnb.dnb.de
abrufbar.

Herstellung und Verlag
BoD – Books on Demant, Norderstedt

Mail : Aricarion01@gmail.com

Inhalt

Prolog

Hätte ich am Beginn der Reise schon gewusst, zu welchem Ende mich dieser Weg führt – ich hätte dankend abgelehnt. Aber unglücklicherweise zeigt uns die Zukunft nicht, was sie für uns bereit hält.

Unsere Reise über die Ebene durch das Land der Goblins verging wie ein romantischer Ausflug mit anschließendem Picknick. Die Mahlzeiten, die Haggnar, einer unserer zwergischen Begleiter zubereitete, konnten mit jeder guten Küche mithalten – wenn man die Küche der Zwerge denn wertschätzen kann.

Aus unseren reichlich vorhandenen Vorräten zauberte dieser Krieger regelmäßig ein opulentes Mahl, als wenn es unser letztes wäre.

Milaileé und ich sind uns während der Reise näher gekommen und auch wenn die Zwerge uns anzüglich angrinsten, so war es doch gut gemeint und auch Delavar schien nichts gegen unsere Verbindung einzuwenden zu haben.

Es lief zu glatt. Dafür, dass wir noch vor wenigen Wochen am Rande einer Katastrophe standen, kommen wir viel zu leicht durch die Lande unserer Feinde.

Sie haben uns angegriffen und sind dann verschwunden. Nicht nur von unseren Grenzen, auch ihr eigenes Land ist Leer.

Mit meinem heutigen Wissen würde ich sofort stutzig werden und eine Falle oder Verschwörung vermuten.

Damals war ich aber noch jung und grün hinter den Ohren.

Und so nahm die Katastrophe ihren Lauf.

Die Goblinhorden haben sich von den Grenzen des Elfenlandes zurückgezogen. Aus diesem Grund hatten wir damit gerechnet, dass unser Marsch durch das Land dieser Kreaturen zum Zwergenreich ein Spießrutenlauf werden würde. Dies ist indes nicht der Fall, denn seit einer Woche marschieren wir nun schon durch eine leere Ebene. Weit und breit lässt sich kein Goblin blicken. Auch ihre nächtlichen Feuer bleiben aus. Sie scheinen ihre Heimat gänzlich verlassen zu haben.

Während Dagan und seine Jungs auf unserer Hinreise lediglich enttäuscht gewesen sind, wenn sich keine Gelegenheit für einen Kampf bot, so sind sie nun sichtlich beunruhigt, dass sie keine Gegner finden. Nachdem die Goblins ihren Angriff auf meine Heimat abgebrochen haben, müsste es hier nur so von ihnen wimmeln. Wir können jedoch nicht die geringste Spur entdecken, weder Fußspuren noch Überreste von Lagerplätzen.

„Das gefällt mir nicht", brummt Dagan in seinen Bart.

Auch Nubnus und Ruoism sprechen ihren Verdacht laut aus: „Der letzte Angriff auf die Elfen war sicherlich nur eine Ablenkung. Ich kann mir nur nicht erklären, wofür diese gut gewesen sein soll. Da muss etwas Größeres in Gange sein. Glücklicherweise hat uns Toistrom nicht alle Krieger mitgegeben. So sind unsere Grenzen geschützt."

„Ja, aber wieso ist die Ebene so verlassen? So schnell können sie sich nicht an unserer Grenze gesammelt haben! Das ist nicht möglich. Und wenn doch, dann müssten wir ihre Spuren sehen. Irgendeine zumindest. Eine Armee dieser Größe kann gar nicht alle Spuren verwischen.

Ganz zu schweigen von den Frauen und Kindern, denn auch die Goblins wachsen nicht in der Erde." Ruoism zeigt in die Richtung, in der wir unterwegs sind.

Ich gebe ihm stumm recht. Eine Weile wandern wir schweigend und in Gedanken versunken weiter.

Delavar spricht aus, was uns allen durch den Kopf geht: „Dagan, du hast neulich von den Orks erzählt. Sie leben im Norden, habe ich recht?"

Dagan nickt stumm, seine Gedanken scheinen in dieselbe Richtung zu gehen.

„Kann es sein, dass die Goblins in Richtung Norden marschiert sind, um sich mit den Orks und vielleicht auch noch den Trollen zusammenzutun? Das würde zumindest erklären, warum wir hier keinerlei Zeichen von ihnen finden."

„Der Verdacht ist mir auch schon gekommen. Mir will nur nicht einleuchten, warum sie sich erst schwächen, indem sie euch angreifen, und danach zu den Orks ziehen. Da muss noch mehr dahinterstecken." Dagan schüttelt den Kopf. „Es macht keinen Sinn, sich erst in eine Schlacht zu stürzen und dann, wenn man dabei ist, diese zu gewinnen, abzuziehen, um Verstärkung zu holen. So dämlich sind selbst diese kleinen Stinker nicht."

Milaileé zuckt mit den Schultern. „Ich habe die Zeit im Kernland genutzt und mit den Weisen unseres Volkes gesprochen.

Auch habe ich ein paar Berichte über die Goblins zu Rate gezogen. Früher, vor dem großen Krieg, auch Krieg der Rassen genannt, haben die Goblins häufig gemeinsame Sache mit den Orks gemacht. Meistens standen die Goblins in Abhängigkeit der Orks. Es spricht viel dafür, dass diese Völker sich wieder zusammentun.

Auch wenn die Goblins eher die Diener der Orks sein werden, so ist abgesehen davon allein ihre Anzahl nicht zu unterschätzen." Sie zuckt mit den Schultern. „Es sind nur Berichte und Erzählungen aus einem lange vergangenen Kampf."

Ich stimme Milaileés Ausführungen zu: „Vielleicht war dieser Angriff in der Tat nur als Ablenkung gedacht. Was ist, wenn wir unseren Blick hier nach Westen und Süden werfen sollen? Wenn wir unsere Grenze verstärken und abwarten, was hier bei uns passiert, haben sie die Möglichkeit, sich im Norden zu organisieren und zu einer tatsächlichen Bedrohung zu entwickeln."

Ich habe in meiner Ausbildung gelernt, dass damals, im großen Krieg der Rassen, die Goblins zusammen mit den Orks und anderen Kreaturen marschiert sind. Aranáreb hielt es für wichtig, die Vergangenheit zumindest in groben Zügen zu kennen. Es könnte sein, dass sie ein weiteres Mal eine große, gemeinschaftliche Armee bilden. Ich wünschte, ich hätte meinem Ausbilder in der Geschichte der Welt besser zugehört und mich nicht nur für das Kampftraining interessiert.

Dagan bleibt stehen. „Aber warum greifen sie die Elfen erst an und ziehen sich dann zurück?

Das will mir immer noch nicht einleuchten. Was soll's, wenn es wirklich so ist, dann müssen wir schnellstmöglich zu Toistrom. Die Orks können zusammen mit den Goblins eine ernsthafte Gefahr werden. Wir müssen sofort dafür sorgen, dass der Norden unter ständiger Beobachtung steht."

Mit diesen Worten legt der Zwerg ein noch schnelleres Tempo vor. Man mag kaum glauben, wie schnell sie mit ihren kurzen Beinen vorankommen können.

An diesem Tag marschieren wir bis tief in die Nacht hinein, um so viel Strecke wie möglich zurückzulegen. Auch in dieser Nacht können wir keinen Feuerschein in der Ferne ausmachen. Die Nacht bleibt schwarz und ruhig.

Die Versuche, aus dem gesammelten Holz Bögen zur Anpassung an die Größe der Zwerge zu bauen, haben wir aufgegeben. Wenn wir rasten, ist es bereits zu dunkel, um effektiv arbeiten zu können, und tagsüber rumpelt der Karren durch unser Tempo so stark, dass wir uns eher in die Finger schneiden als einen zumindest einigermaßen anständigen Bogen hinzubekommen.

Weitgehend schweigend vergehen die folgenden Tage. Jeder ist mit seinen eigenen Gedanken beschäftigt und keinem ist nach belangloser Plauderei zumute. Meine Gedanken kreisen um die Ereignisse der letzten Wochen.

Ich hatte mich entschieden, meine Heimat, das Vocaru, zu verlassen, um bei unseren Grenzwächtern Dienst zu tun. Anders als in den Jahren zuvor hat sich der Dienst als unerwartet gefährlich erwiesen. Während in den letzten Jahrhunderten lediglich ein paar Überfälle der Goblins zurückgeschlagen werden mussten, waren wir bereits bei unserer ersten Patrouille auf allerlei Veränderungen aufmerksam geworden und wurden in ernsthafte Kämpfe verwickelt. Als Folge dieser Erlebnisse sind nun Delavar, Milaileé und ich zusammen mit einer Horde Zwerge durch ebendiese Ebene im Land der Goblins unterwegs. Wir haben festgestellt, dass die Goblins, anders als zuvor, über gute Rüstung und brauchbare Waffen aus Eisen wie Schwerter und Säbel anstelle ihrer üblichen Holzspeere verfügen.

Auf einer unserer Patrouillen sind wir alle verletzt worden, Milaileé so schwer, dass wir um ihr Leben fürchten mussten. Nur durch eine kleine Elfenstreitmacht konnten wir den Überfall überleben und zurück zur Westfeste gelangen. Nach diesem Vorfall hat der Hohe Rat beschlossen, unsere Abgeschiedenheit aufzugeben und Kundschafter in alle Richtungen auszusenden.

Unser Trupp, bestehend aus unserem Hauptmann Leutherion, Balladion, Oneidavas, Delavar, Milaileé und mir, sollte in den Westen und Norden ziehen. Wir haben das Volk der Zwerge aufgesucht, mit dem wir seit dem großen Krieg der Rassen vor nahezu sechshundert Jahren keinen Kontakt mehr hatten. Der Winter überraschte uns am Rand des Gebirges, in dem wir die Zwerge vermuteten. Wir mussten unsere Erkundung der Berge abbrechen und in einer provisorischen Unterkunft viele Wochen ausharren. Außer einem kurzen Intermezzo mit zwei Trollen und einem kleinen Trupp Goblins waren wir auf uns selbst gestellt.

Gegen Ende des Winters kamen Dagan und sein Trupp zu unserer Hütte. Sie brachten uns in eine ihrer Festungen, nachdem sie sich vergewissert hatten, dass wir in friedlicher Absicht kamen und keine Gefahr darstellten. Milaileé beherrscht die Sprache der Zwerge und übersetzte das Gespräch zwischen uns. Wie der Zufall es wollte, war im selben Zeitraum der Zwergenkönig dort anwesend. Zu unserer Überraschung war er sofort bereit, das alte Bündnis zwischen Elfen und Zwergen wieder aufleben zu lassen, nachdem wir ihm unser Anliegen vorgetragen hatten.

Leider konnte er uns nicht so viele Krieger mitgeben, wie wir uns erhofft hatten, jedoch begleiteten uns Dagan, Nubnus, Ruoism und die Truppe, die uns in der Wildnis aufgelesen hatte, nach Hause.

Dort wollten sie uns beim Bau weiterer Wehranlagen unterstützen, denn unsere Grenzanlagen sind für eine solche Situation nicht ausreichend ausgebaut. Wir Elfen waren so überzeugt, den Goblins überlegen zu sein. Mit einem derartigen Angriff haben wir in unserem Hochmut nicht gerechnet. Der Hohe Rat hat die Hilfe der Zwerge daher dankend angenommen, wenn sie auch ein wenig enttäuscht gewesen sind, dass nicht mehr Krieger gekommen sind. Mit ihrer Hilfe konnten wir entlang der Grenze eine weitere Festung errichten. Keinen Augenblick zu früh. Eine Armee aus Goblins, Trollen, Ogern und Menschen stand zu diesem Zeitpunkt schon vor unserer Grenze.

Uns gelang es, die ersten Angriffe zurückzuschlagen, wenn wir auch starke Verluste hinnehmen mussten.

Die Gegner wurden dagegen immer mehr. Doch als der nächste Angriff uns mit Sicherheit vernichtet hätte, zog die feindliche Armee sich vollkommen unerwartet zurück. Sämtliche Feinde haben die Grenzregion verlassen und uns ratlos zurückgelassen. Aus diesem Grund sind wir nun hier. Delavar, Milaileé und ich begleiten Dagan und seine Jungs zurück in ihre Heimat. Dort wollen wir sie nach besten Kräften unterstützen, denn wir vermuten, dass der Angriff auf das Elfenland nur eine Ablenkung gewesen ist, damit alle die Blicke auf uns richten.

Als wir den Wald erreichen, der am Fuße des Zwergengebirges wächst, rasten wir. Wir müssen unsere Vorräte auffüllen und haben hier Gelegenheit dazu.

14

Der Schnee, der bei unserem letzten Besuch den Wald in eine weiße Zauberlandschaft verwandelt hat, ist geschmolzen. Das Grün des Sommers hat Einzug erhalten und sorgt für gedämpftes, schummriges Licht unter den Bäumen.

Für die Jagd sind heute Milaileé und ich zuständig. Während die anderen ein Lager aufschlagen, ziehen wir in den Wald und suchen nach vielversprechenden Wildpfaden. Ohne viel zu reden, gehen wir unserer Arbeit nach. Es ist ein angenehmes Schweigen. Gleichzeitig bleiben wir stehen und schauen uns an. Wir haben Geräusche im Unterholz vor uns gehört, die nicht von den Tieren des Waldes verursacht worden sein können.

Wir lassen die Spuren, denen wir gefolgt sind, links liegen und nähern uns lautlos der Geräuschquelle. Vorsichtig schieben wir uns durch das Gebüsch und spähen durch die Farne, in denen wir uns verstecken.

Wir können ein mit einem Palisadenzaun befestigtes Lager erkennen, aus dem die Geräusche kommen. Auch wenn wir die Sprache nicht verstehen, so erkennen wir doch, dass es sich um Goblins handelt. Zudem können wir sehen, dass es sich bei der Kreatur, die auf dem kleinen Turm in der Mitte des Lagers Posten bezogen hat, unzweifelhaft um einen Goblin handelt. Ganz haben sie sich also doch nicht zurückgezogen.

Neugierig lasse ich den Blick schweifen, dann wende ich mich Milaileé zu. „Also haben die Goblins tatsächlich etwas vor. Meilenweit ist nichts von ihnen zu sehen und hier unterhalten sie einen Spähposten. Was wollen die denn hier mitten im Wald?"

Milaileé schaut sich das Bauwerk eine Weile an und spricht dann ihre Gedanken leise aus.

„Das ist so eindeutig ein inszeniertes Schauspiel, dass es schon beinahe lächerlich wirkt. Seit wann betreiben Goblins befestigte Spähposten? Was sollen sie denn hier sehen können? Mitten im Wald. Das ist auch für die Goblins einfach zu dämlich. Ich kann kaum glauben, was ich da sehe."

Vorsichtig ziehen wir uns tiefer in das schützende Gebüsch zurück. Ich kann ein kurzes Seufzen nicht unterdrücken. „Das war es wohl erst einmal mit der Vorratsbeschaffung. Wir sollten das letzte Tageslicht nutzen, um dieses Lager genauer zu inspizieren."

Milaileé stimmt mir zu und wir beschließen, das Lager erst zu umrunden. Vorsichtig schleichen wir uns von Gebüsch zu Gebüsch. Der Zaun – Palisade mag ich die Konstruktion nicht nennen – ist nicht sehr kunstfertig errichtet. Überall sind Spalten und Löcher. Als wir das Lager zur Hälfte umrundet haben, trauen wir uns an den Zaun heran und spähen durch die zahlreichen Lücken. Vor den beiden Kreaturen auf dem Turm brauchen wir uns nicht in Acht zu nehmen. Die schauen gelangweilt in die entgegengesetzte Richtung und denken nicht einmal daran, sich umzudrehen.

Wir können mehrere Zelte erkennen und die Streben, die den Wachturm stabilisieren. Er sieht sehr wackelig aus, doch war das zu erwarten. Auch wenn die Goblins neuerdings befestigte Anlagen bauen, sind sie eben noch immer keine begabten Baumeister.

Wir zählen zehn Goblins und einen Troll. Der Troll ist an Pflöcke gebunden, die in die Erde eingelassen sind. Zwei der Kreaturen befinden sich auf dem Turm, die anderen lungern im Lager herum. Was auch immer die Spähposten in den Baumwipfeln sehen wollen.

Hier kann man die Disziplinlosigkeit erkennen, die den Goblins angeboren ist. Es wird getrunken und gespielt. Wenn wir das Lager jetzt angreifen würden, hätten wir leichtes Spiel.

Wir zögern kurz, entscheiden uns aber dagegen. Wir wollen lieber kein Risiko eingehen. Wir wissen nicht, ob sich weitere solche Posten in der Nähe befinden. Auch werden die Zwerge schwer beleidigt sein, wenn wir einen Kampf ohne sie beginnen. Wir kehren wir zu den anderen zurück und berichten von unserer Entdeckung.

„Auch wenn es mir in den Fingern juckt", Dagan schüttelt bedauernd den Kopf, „können wir diesen Posten nicht überfallen."

Ruoism ist sichtlich enttäuscht. „Aber meine Axt rostet schon und es sind doch nur zehn von diesen Stinkern. Wieso können wir nicht ein wenig Spaß haben?"

Die anderen Zwerge stimmen ihm lebhaft zu und streicheln dabei die Griffe ihrer Waffen. Ich kann nur den Kopf schütteln.

„Ich finde auch, dass wir diesen Posten vernichten sollten."

Alle schauen überrascht zu Delavar.

„Wenn die Goblins merken, dass wir ihre Posten ausradieren, glauben sie vielleicht, dass ihr Plan, wie auch immer er aussieht, funktioniert und wir den Süden im Blick behalten – wenn wir denn mit unseren Vermutungen recht haben."

„Ha, ich sage doch, kurz drauf und ab dafür!" Ruoism reibt sich die Hände.

Dagan überlegt ein paar Augenblicke, dann nickt er. „In Ordnung, dann gehen wir uns amüsieren."

Milaileé und ich zeigen den anderen das Lager und wir bereiten uns vor. Wir wollen im Morgengrauen angreifen, dann schlafen die meisten wohl ihren Rausch aus. Zumindest hoffen wir das. In der Nähe legen wir uns zur Ruhe, stellen aber Wachposten auf.

Ich döse nur vor mich hin. Der Gedanke an den bevorstehenden Kampf hält mich wach.

Im ersten Licht des Tages pirschen wir uns an die Palisade heran. Wir wählen die Rückseite des Lagers, denn wir wollen auf der dem Tor gegenüberliegenden Seite in das Lager stürmen.

Zwar würde es keinen wirklichen Unterschied machen, wenn wir das Tor durchbrechen, aber die Zwerge meinen, dass es so mehr Spaß machen würde. Die Zwerge haben laut aufgelacht, als sie die Palisade gesehen haben.

„Drei, nein zwei Schläge mit meiner Axt und wir sind drin." Nubnus muss sich das Lachen immer noch verkneifen.

Ungesehen gelangen wir an die entsprechende Stelle. Die Posten auf dem Turm sind nicht sehr aufmerksam und schauen ausschließlich nach Norden. Wir suchen uns einen Bereich, an dem das Holz besonders morsch ist. Solch eine Stelle ist nicht schwer zu finden, denn im Grunde besteht der gesamte Zaun hauptsächlich aus Brennholz. Nubnus und Ruoism setzen gemeinsam ihre Äxte an und tatsächlich gibt das Holz nach zwei Schlägen nach.

„Wo seid ihr, ihr kleinen Stinker? Kommt zu mir!" Bevor wir anderen überhaupt reagieren können, ist Ruoism laut brüllend durch das Loch gestürmt und hat schon zwei Goblins, die trunken an einem Feuer lagen, einen Kopf kürzer gemacht.

18

Im ausbrechenden Chaos hüpfen die Zwerge wie spielende Kinder zwischen den Goblins herum und vergrößern damit die Verwirrung noch. Delavar stößt mich an und zeigt nach oben, zu dem Turm.

„Ich denke, wenn wir auch etwas tun wollen, bleiben nur die beiden da oben übrig."

Die beiden Wachposten halten je einen Bogen in der Hand und suchen sich gerade ein Ziel.

Aufgeregt hüpfen sie auf und ab, wodurch der Turm bedenklich wackelt. Noch bevor sie einen Pfeil anlegen können, haben Delavar und ich zwei auf die Reise geschickt. Beide Pfeile treffen ihr Ziel und die Zwerge müssen sich keine Sorgen mehr um Geschosse von oben machen. Ich glaube nicht, dass die beiden Schützen überhaupt etwas getroffen hätten, aber sicher ist sicher.

Als ich mich umschaue, sehe ich Milaileé, die sich an den Zaun lehnt und das Geschehen fassungslos beobachtet.

Ich grinse sie an: „Die nächsten gehören dir, versprochen."

Sie schüttelt nur den Kopf und schaut auf die Szene, die die Zwerge uns bieten. Im Grunde brauchen uns die Krieger nicht. Mit sichtlichem Spaß legen sie das gesamte Lager in Schutt und Asche. Mit dem Troll machen zwei der Krieger kurzen Prozess, wobei ihnen zugutekommt, dass er noch immer angekettet ist. Sesur rennt mit voller Wucht gegen einen Pfosten des Turmes und knickt ihn ab wie einen morschen Holzstab. Delavar und ich können uns mit einem Hechtsprung gerade noch in Sicherheit bringen, als der Turm in unsere Richtung stürzt. Holzsplitter regnen auf uns nieder und wir kauern uns zusammen, um keine allzu tiefen Schnitte davonzutragen.

Hustend und mit Holzstaub bedeckt kommen wir wieder auf die Füße.

„Bist du wahnsinnig?" Delavar schimpft laut drauf los und ich kann Milaileé hören, wie sie schallend lacht.

Mir sitzt der Schreck zwar noch in den Knochen, doch muss auch ich lachen. Die Zwerge benehmen sich wie Kinder, die ein tolles Geschenk erhalten haben. Umso enttäuschter sind sie, als nach viel zu kurzer Zeit keine Gegner mehr übrig sind.

„Warum müssen es immer so wenige sein? Ich möchte mal wieder richtig warm werden." Nubnus tritt missmutig gegen den in Trümmern liegenden Turm. „Hoffentlich schickt Toistrom uns in den Norden, zu den Orks. Ich verlerne bereits das Kämpfen."

Auch Ruoism murrt herum. Wir drei Elfen schütteln nur ungläubig den Kopf.

Als der Trümmerhaufen, in den sich das Lager verwandelt hat, in Flammen aufgeht, ziehen wir weiter. Der Wald ist noch so feucht, dass wir eine Ausbreitung des Feuers nicht befürchten müssen. Wir nehmen den direkten Weg zu der Schlucht, die den Eingang zur Wachfeste der Zwerge darstellt. Vor der Schlucht schlagen wir unser Nachtlager auf. Am frühen Morgen werden wir uns in die Feste begeben. Zum Jagen sind wir nicht mehr gekommen, daher essen wir unsere letzten Vorräte. Viel ist es nicht und für ein Frühstück reicht es nicht mehr.

Hungrig geht es am folgenden Morgen im ersten Sonnenlicht los. Die Klamm ist auch im Frühling nicht einladender als im Winter. Es ist zwar nicht mehr so kalt, aber der Wind ist noch immer unangenehm. Er weht stark und wir hüllen uns in unsere Umhänge. Als wir die Feste erreichen, sind wir durchgefroren und hungrig.

Die Zwergenfeste

Seit unserem letzten Besuch hat sich in der Zwergenfestung nicht viel verändert. Die Zwerge sind geschäftig wie immer. Allerdings sind viele von ihnen bewaffnet und die Stimmung ist angespannt. Auch kommt es mir vor, als würden die Gänge heller beleuchtet werden als damals. Dagan bestätigt meine Vermutung. Es sind mehr Lampen aufgestellt worden. Die Bewohner waren in den letzten Wochen nicht untätig. Man kann die Spannung, die in der Luft liegt, beinahe spüren. Toistroms Volk bereitet sich ganz offensichtlich auf eine Auseinandersetzung vor. Immer wieder kommen Zwerge mit Karren voll Lebensmitteln und anderen Gegenständen wie Öl und Waffen an uns vorbei. Auch wird das Vieh, die Schafe und Ziegen, die sie außerhalb der Feste im Gebirge hüten, an uns vorbei ins Innere getrieben. Die Krieger, die Dagan damals zu seinem Volk geschickt hat, sind also unbeschadet zurückgekommen und haben von der Situation berichtet.

„Sei gegrüßt, Theran, ist Toistrom noch hier?" Dagan spricht den Zwerg, der uns die Tore geöffnet hat, direkt an. Er hat es noch immer eilig und zieht den armen Zwerg hinter sich her.

„Nein, Dagan, er hat die Festung kurz nach euch verlassen und ist zur", er schaut kurz in unsere Richtung, „ist zu einer nahen Festung aufgebrochen."

Dagan bleibt endlich stehen. „Hör zu, sorge dafür, dass alle Tore verschlossen werden.

Unsere Bauern, die draußen leben, sollen sich in die Nähe der Tore zurückziehen.

Ich habe gesehen, die Tiere werden schon hineingetrieben. Irgendetwas ist bei den Orks im Gange und die Goblins spielen eine Rolle dabei."

Theran nimmt Haltung an. „Jawohl, Hauptmann, wir sind bereits in erhöhter Alarmbereitschaft. Die Nahrungsmittel werden schon gesichert und auch unsere Tiere sind fast vollständig in den inneren Ställen untergebracht. Nun werden wir die Festung vollständig abriegeln!" Damit begibt er sich zum Tor zurück und verschwindet in einer kleinen Kammer daneben.

Dagan winkt uns, ihm zu folgen. „Kommt mit zum Ratszimmer. Ich muss die Hauptmänner zusammenrufen und berichten, was wir bis jetzt in Erfahrung bringen konnten, auch wenn es nicht allzu viel ist."

Wieder marschieren wir eine gute Stunde durch die Zwergengänge, bis wir unser Ziel erreichen. Unterwegs begegnen uns immer wieder Krieger, von denen Dagan einige mit eilig ausgesprochenen Anweisungen losschickt.

Als wir die Halle erreichen, sind schon einige Krieger versammelt. Alle sind bis an die Zähne bewaffnet und in schwere Rüstung gewandet. Sie schauen grimmig in die Runde. Der Lärm der Gespräche weicht gespannter Stille, als wir eintreten. Dagan begibt sich auf das erhöhte Podest an der Stirnseite der Halle und bedeutet uns, uns neben ihn zu setzen. Einige der Zwerge schauen überrascht in unsere Richtung, andere erinnern sich noch von unserem letzten Besuch an uns.

Dagan steht auf und hebt die Hand. Diese Geste der Aufmerksamkeit ist aber nicht notwendig, denn die seit unserem Eintreten herrschende Stille wird nur vom Geräusch der Rüstungen unterbrochen. „Seid gegrüßt und entschuldigt die Eile, mit der wir uns hier versammeln.

Unsere elfischen Begleiter und ich müssen dringend etwas berichten. Anschließend müssen Maßnahmen zum Schutz unserer Lande ergriffen werden." Er zeigt mit einer ausholenden Handbewegung auf uns. „Wie ihr wisst, hat mein Vater mich im Winter mit den Elfen geschickt. Diese haben ihn um Hilfe gebeten, da die Goblins sich vor ihrem Land in ungewöhnlicher Stärke versammelten."

Wir schauen ihn erstaunt an. Er ist der Sohn des Zwergenkönigs. Wir sind die ganze Zeit mit einem Prinzen zusammen marschiert.

Er lässt uns zum Wundern aber keine Zeit. „Ich habe mich also mit einigen Freiwilligen in das Land unserer Gäste begeben. Und bei Utysus silbernem Hammer, dort haben wir Beunruhigendes erfahren. Während wir auf die restlichen Hauptleute warten, werden meine Begleiter von unseren Erlebnissen berichten."

Mit diesen Worten setzt er sich wieder hin und alle Augen richten sich erwartungsvoll auf uns. Leises Gemurmel setzt ein. Man kann sehen, dass die Krieger neugierig den Bericht erwarten. Toll, ich bin ja auch so gut im Erzählen. Da Milaileé die Sprache der Zwerge beherrscht, während Delavar und ich sie nur bruchstückhaft gelernt haben, beginnt sie mit der Erzählung und Delavar und ich müssen nur gelegentlich ein paar Ergänzungen beisteuern.

Während sie berichtet, kommen die von Dagan erwarteten Zwerge dazu. Diese werden von ihren Kameraden leise auf den neuesten Stand gebracht.

Als wir unsere Erzählung beendet haben, ergreift Dagan wieder das Wort: „Die Vermutung, dass die Goblins sich mit den Orks zusammentun, ist selbstverständlich noch nicht überprüft worden.

Wir haben den schnellsten Weg zurück genommen, damit keine Zeit verlorengeht. Ich möchte lieber jetzt handeln, als nachher eine böse Überraschung zu erleben. Die Orks haben sich in letzter Zeit auffällig ruhig verhalten und wir hatten schon vorher befürchtet, dass bei ihnen etwas im Gange ist. Schickt eure Läufer aus, damit die Nachricht und der Bericht unserer Freunde an alle Festungen weitergeleitet werden. Die Hauptleute bleiben bei mir, um unsere Verteidigung zu besprechen."

Ich bin mal wieder überrascht. Ohne die kleinste Diskussion verlassen die Zwerge bis auf die Hauptleute den Saal und führen ihre Aufgaben aus. Bei uns im Rat hätte es nun erst einmal stundenlange Diskussionen und Beratungen gegeben. Die Streiterei, wie man am besten vorgeht und vor allem, wann und ob man überhaupt etwas tun sollte, kann ich in meinem Geist geradezu hören. Hier weiß jeder genau, was von ihm erwartet wird.

„Milaileé, Delavar und Sil'ir: Sulyla hier wird euch euer Quartier zeigen. Ich werde euch morgen früh abholen, dann können wir uns weiter besprechen. Jetzt bin ich erst einmal beschäftigt und habe wenig Zeit für euch.

Bitte ruht euch ein wenig aus. Speisen und stärkende Getränke werden euch gebracht."

Mit diesen Worten dreht er sich zu seinen Hauptleuten um und wir sind entlassen. Eine Zwergin, nicht weniger bewaffnet als ihre männlichen Mitzwerge, tritt auf uns zu und bittet uns mit Gesten, ihr zu folgen. Ich habe befürchtet, dass wir wieder stundenlang laufen müssen, doch sind es nur wenige Minuten. Dieses Mal liegt unser Quartier im Zentrum der Zwergenfeste, nur einige Biegungen vom Ratszimmer entfernt.

Ansonsten ist es identisch mit dem, welches wir damals bekommen haben. Fünf Betten stehen darin. Sie können jedes einzeln mit einen dunklen Vorhang vom Rest des Raumes abgetrennt werden. Des Weiteren steht ein großer Tisch mit der entsprechenden Anzahl an Stühlen im Raum. In einer abgetrennten Nische befindet sich eine Gelegenheit, sich zu waschen. Neugierig öffne ich die kleine Holztür, die ich in dieser Nische gefunden habe. Dahinter befindet sich ein Austritt. Schnell schließe ich die Tür wieder. Kurz stelle ich mir vor, wo die Hinterlassenschaften hingehen, wie sie aus dem Berg entsorgt werden, lasse es aber ganz schnell wieder sein.

Die Zwergin sagt etwas zu Milaileé und lässt uns allein.

„Sie sagt, sie kümmert sich darum, dass wir etwas zu essen und zu trinken bekommen und wünscht uns einen erholsamen Schlaf." Milaileé zuckt mit den Schultern: „Solange es kein Zwergenkäse ist."

Grinsend legt sie ihre Ausrüstung ab und wirft sich auf das nächstgelegene Bett.

Wir tun es ihr gleich und strecken unsere Glieder auf den – immer noch zu kleinen – Betten aus. Ich schließe kurz die Augen, da klopft es schon an der Tür. Zwei Zwerge bringen uns die versprochene Mahlzeit. Es handelt sich um Fleisch in einer dunklen Soße, warmes Brot und ein wenig Gemüse, welches ich jedoch nicht erkenne. Ich denke, es handelt sich um eine Pilzart, die sie hier unten in ihren Stollen anbauen. Ein großer Krug mit Bier und einer mit Wasser sind ebenfalls dabei. Der befürchtete streng riechende Käse fehlt glücklicherweise. Beim Anblick der Speisen machen sich unsere Mägen laut und deutlich bemerkbar.

Vorsichtig probieren wir die Pilze und das Fleisch, beides schmeckt sehr gut und wir langen kräftig zu. Mit ein wenig Wasser verdünnt lässt sich sogar das dunkle Zwergenbier trinken. Nachdem wir gegessen haben, legen wir uns hin und schlafen wie die Murmeltiere. Der schnelle Marsch und die kurzen Pausen haben uns stärker erschöpft, als wir gemerkt haben. Aber es ist eine angenehme Erschöpfung und sie sorgt dafür, dass zumindest ich tief und traumlos schlafe.

Lautes Klopfen weckt uns. Delavar öffnet die Tür. Dagan steht davor, um uns abzuholen. „Bitte folgt mir in mein Besprechungszimmer. Wir müssen klären, wie wir euch in unsere Pläne einbeziehen und wie wir unsere Kämpfer in der Kunst des Bogenschießens ausbilden können."

Wir wollen ihn gerade aus dem Zimmer begleiten, da hält er uns zurück. „Wir haben die Festung verschlossen und befinden uns in der Verteidigung.

Nehmt eure Waffen und eure Ausrüstung ab jetzt immer mit, egal, wo ihr hingeht. Ihr seid zwar unsere Gäste, aber im Fall eines Angriffes kann es durchaus sein, dass wir euch zur Verteidigung abkommandieren. Dann solltet ihr Waffen und Rüstung bei euch haben."

Wir tun, was er sagt, und begleiten ihn zu seinem Besprechungszimmer. Als wir eintreten, erwarten uns schon eine Zwergin und zwei Zwerge. Alle drei setzen sich zusammen mit uns an den runden Tisch, der den Raum gänzlich dominiert. An den Wänden hängen Karten des Gebirges und der Stollen, die es durchziehen in unterschiedlichen Größen. Auf dem Tisch liegen allerlei Leckereien.

„Guten Morgen zusammen. Darf ich euch unsere Gäste vorstellen: Milaileé, Delavar und Sil'ir vom Volk der Elfen." Er deutet erst auf uns, dann auf die anderen Anwesenden. „Disur, Hauptmann der nördlichen Tore, Toran, unser Holzexperte, und Gyllinn, unsere Lehrerin."

Wir nicken uns zu und warten auf Dagans weitere Ausführungen.

„Unsere Gäste haben uns begleitet, um die Verbindung zwischen unseren Völkern wieder zu festigen. Sie wollen uns im Kampf gegen die Orks, sofern es denn einen gibt, beistehen."

Disur schaut erst uns drei, dann Dagan fragend an, schweigt aber.

Dagan scheint seine Frage trotzdem zu kennen. „Ja, es sind nur drei von ihnen. Ihr Volk ist nicht sehr zahlreich und musste bei den Geschehnissen, die wir euch gestern berichteten, viele Gefallene hinnehmen.

Sie sind nicht hier, um unsere Reihen zu verstärken, sondern um uns mit ihrem Wissen und ihren Kenntnissen zu helfen."

Disur hebt die Hand und bittet um das Wort. „Ich will euren Mut nicht abstreiten", spricht er in unsere Richtung, dann wendet er sich an Dagan, „dennoch bin ich nicht überzeugt, dass uns die Elfen überlegen sind, was die Kenntnisse vom Kampf gegen Orks, Goblins und Trolle angeht." Disur spricht, wenn auch etwas gebrochen, unsere Sprache. So können wir ihn gut verstehen, ohne dass Milaileé übersetzen muss.

Ich kann ihm für seine Worte nicht böse sein. Ich habe die Zwerge kämpfen sehen und muss ihm stillschweigend beipflichten. Im Nahkampf können wir ihnen nichts beibringen.

Dagan bestätigt dies: „In gewisser Weise hast du recht, Disur. Im Nahkampf kann uns keiner etwas vormachen. Da sind wir die Experten." Disur nickt bestätigend, aber Dagan fährt fort: „Es geht hier um eine andere Art zu kämpfen. Ich habe die Kunstfertigkeit der Elfen mit dem Bogen gesehen. Unsere Völker haben in den letzten Jahrhunderten viel zu abgeschieden gelebt. Viel Wissen ist verlorengegangen. Wir sollten diese Gelegenheit nutzen, unsere Fähigkeiten miteinander zu teilen. Meine drei elfischen Begleiter sind hier, um uns die Kunst des Bogenschießens und vor allem die des Bogenbaus beizubringen."

Disur schaut skeptisch in die Runde, gibt sich aber damit zufrieden.

„Hier kommt Toran ins Spiel." Dagan zeigt auf den zweiten Zwerg, der neben ihm sitzt. Dann blickt er wieder in unsere Richtung. „Er ist einer unserer Holzexperten und ihn werdet ihr im Bau der Bögen unterrichten. Da er aber eure Sprache nicht spricht und ihr, mit Ausnahme von Milaileé, die unsere nicht beherrscht, werdet ihr bei Gyllinn Sprachunterricht bekommen." Dagan zeigt auf die Zwergin, die ihm gegenüber sitzt. Sie nickt uns freundlich zu.

„Ihr werdet am Vormittag zwei Stunden Unterricht bei ihr erhalten, anschließend zu Toran gehen und mit ihm über die Bögen sprechen und mit den Versuchen beginnen. Der späte Nachmittag ist für euch und euer eigenes Training reserviert." Das ist streng getaktet, denke ich so bei mir, als er auch schon fortfährt: „Einmal die Woche treffen wir uns hier wieder und ihr erstattet mir Bericht über die Fortschritte."

Toran sagt etwas zu Dagan. Wir verstehen ihn nicht und auch die Antwort bleibt uns verborgen, denn Dagan übersetzt sie nicht für uns. Auch Milaileé kann uns nicht helfen, da sie die Worte selbst nicht verstanden hat. Dagan bedeutet uns, dass die Besprechung beendet ist und wir die Zwergin begleiten sollen. Wir folgen Gyllinn in einen Raum, in dem sie uns unterrichten will.

Delavar spricht seine Gedanken laut aus: „Die sind ganz schön entscheidungsfreudig, diese Zwerge. Nicht lange diskutieren, einfach machen. Wir werden ebenso herumkommandiert, obwohl wir offiziell Gäste sind. So kommt man voran."

Milaileé erwidert: „Du meinst, stundenlange Diskussionen, was man wie machen sollte und wann man es tun sollte, sind langweilig?"

„Wenn du es so formulierst – ja." Delavar lacht kurz auf. „Das war nicht wirklich eine Besprechung, das war der Empfang von Anweisungen, mehr nicht."

„Ich glaube, uns steht eine interessante Zeit bevor", werfe ich ein.

„Oh, ja", kommt es wie aus einem Mund.

Gemeinsam freuen wir uns auf die Monate, die vor uns liegen. Dass unser Abenteuer sehr viel länger dauern würde, das kann zum jetzigen Zeitpunkt niemand ahnen.

Lernen und Lehren

Die folgenden Wochen sind vom Erlernen der Zwergensprache und dem Training der Zwerge im Umgang mit dem Bogen bestimmt. Von Dagan bekommen wir in dieser Zeit nicht viel zu Gesicht. Nur zu den wöchentlichen Besprechungen sehen wir ihn für wenige Minuten, in denen er sich die Berichte von unseren Fortschritten anhört. Er selbst sagt dabei nicht viel.

Gyllinn ist eine geduldige Lehrerin und schon nach drei Wochen können wir uns an vielen Unterhaltungen beteiligen. Anfangs fiel es uns sehr schwer, mit der ungewohnt harten Aussprache zurechtzukommen. Das Lesen der komplizierten Runenschrift, die von den Zwergen benutzt wird, haben wir indessen auf einen späteren Zeitpunkt verschoben.

Nachdem die Zwerge gemerkt haben, dass wir uns bemühen, ihre Sitten, Gebräuche und die Sprache zu verstehen und zu befolgen, ließ die Ablehnung, auf die wir am Anfang getroffen sind, deutlich nach. Nur ein paar wenige zeigen noch immer spürbar ihre Abneigung uns gegenüber. Das stört uns nicht sonderlich, denn die Akzeptanz von uns dreien überwiegt bei Weitem.

Ich habe die Zwerge bei unserem ersten Besuch als reserviertes und zurückhaltendes Volk erlebt. Diese Einschätzung muss ich nach den wenigen Wochen, die wir uns nun hier befinden, revidieren. Sie sind gesellig und fühlen sich in größeren Gruppen sehr wohl.

Einzelgänger haben wir hier bis jetzt noch nicht gesehen. Fremden gegenüber sind sie am Anfang misstrauisch und reserviert.

Wenn sie einem indes erst einmal vertrauen, sind sie offen und herzlich und man findet schnell Freunde. Es handelt sich um geborene Krieger und sie haben ihren Spaß am Kampf. In unserer Zeit hier in der Festung haben wir aber auch andere Seiten kennengelernt. Wie bei uns gibt es auch hier Familien und Clans. Ebenso lieben und streiten sie sich untereinander, wie wohl alle anderen Lebewesen auch. Kinder treffen wir hier freilich nicht an. Wer nimmt schon seine Kinder mit auf eine Festung, die sich auf einen Orkangriff vorbereitet? Die Zwerge trinken gerne und reichlich. Trotzdem gehen sie ihren Pflichten am nächsten Tag nach und scheinen keinerlei Auswirkungen des Alkohols zu spüren. Sie lachen gerne und sind, wenn man sie näher kennengelernt hat, treue Gesellen.

Wenn wir dieser Gemeinschaft auch nicht angehören, so werden wir dennoch nicht ausgeschlossen. Immer wieder müssen wir von unserer Heimat und unserem Volk erzählen. Die Zwerge sind nun ebenfalls gesprächiger als im Winter bei unserem ersten Aufenthalt und gesellen sich häufig an den Abenden zu uns. Das mag sicherlich zu einem Großteil daran liegen, dass wir nun im Gegensatz zu damals ihre Sprache sprechen.

An den Nachmittagen konstruieren wir mit Toran die unterschiedlichsten Bögen. Nubnus, Hoili, Sesur und Ruoism helfen uns dabei und dienen als Versuchspersonen.

Die vier haben uns und Dagan begleitet und die Wirkung der Bögen im Kampf mit den Goblins erlebt. Sie wollen den Umgang damit erlernen und haben sich bereit erklärt, für die Länge der Bögen Maß zu stehen.

Andere Zwerge wiederum sind skeptisch und warten erst einmal ab. Es gibt auch eine Gruppe, unter ihnen Disur, die sich weigert, Schusswaffen außer zur Jagd zu nutzen. Dies sei feige und eines Kriegers nicht würdig. Diese Meinung vertreten die meisten der Krieger des Zwergenvolks und somit hat Dagan seine Mühe damit, genügend Freiwillige zu finden, die sich am Bogen ausbilden lassen. Die meisten beobachten unsere Bemühungen und verhalten sich uns gegenüber zwar nicht unfreundlich, lehnen aber den Kampf mit Fernwaffen strikt ab. Einige von ihnen wollen einen Bogen nicht einmal berühren.

„Wir werden die anderen schon noch überzeugen." Hoili zeigt sich zuversichtlich.

„Macht euch nichts daraus", meint Toran, nachdem vier junge Zwerge unsere Bögen angeschaut und dann verächtlich ausgespuckt haben. „Wir Zwerge sind nun einmal ein stures Volk. Es fällt uns nicht leicht, einzugestehen, dass es andere Völker gibt, die etwas besser können als wir selbst."

Milaileé schaut den Zwergen gedankenversunken nach. „Ich glaube", sagt sie leise und bedächtig, „jede Rasse, jedes Volk und jeder Stamm hat diese hohe Meinung von sich. Wir denken doch alle, dass wir selbst die besten sind, in dem, was wir tun."

Toran grinst uns an. „Aber ich fürchte, wir sind die, die am längsten brauchen werden, einzugestehen, dass andere Rassen ebenfalls kämpfen können. Die vier Jungs, die sich eben so unmöglich verhalten haben, schauen sich nämlich auffällig häufig eure Trainingsstunden an."

„Zuschauer sind mir gar nicht aufgefallen!" Delavar ist überrascht.

Toran lacht leise. „Ich glaube auch nicht, dass sie es zugeben würden. Sie waren auf jeden Fall sehr fasziniert von eurer Art, zu kämpfen, und haben keinerlei abfällige Äußerungen gemacht, als sie euch beobachtet haben."

„Wir wollen hier keinen Unfrieden stiften. Habt ihr eine Idee, wie wir das vermeiden können?" Ich richte meine Frage sowohl an Toran als auch an meine Gefährten.

Diesmal lacht Toran laut auf: „Ihr glaubt, ihr seid an diesem Verhalten Schuld? Oh nein, mit Sicherheit nicht. Die vier sind kurz vor euch hier eingetroffen. Sie haben gerade einmal ihre Volljährigkeit erreicht und meinen, sie wüssten alles und hätten schon alles gelernt."

Irgendwie erinnern seine Worte mich an meine eigene, nicht allzu weit entfernte Vergangenheit. Zu meiner Volljährigkeit war ich den vier jungen Zwergen gar nicht so nicht unähnlich. Auch ich hatte gedacht, ich hätte schon alles gelernt und wüsste alles. Schließlich war man nun erwachsen und ein vollwertiges Mitglied der Sippe. Ich erinnere mich noch gut an dieses erhebende Gefühl. Erst als mein Ausbilder und Freund Aranáreb mich eines Besseren belehrte, wurde mir klar, dass ich noch gar nichts wusste. Man hatte mir gerade einmal mein Werkzeug gegeben. Nun musste ich lernen, es zu benutzen.

„Da sind wohl alle Jungen gleich, ob Zwerg oder Elf", erwidere ich fröhlich.

Milaileé und Delavar stimmen mir mit einem leisen Lachen zu.

„Ja, scheint so. Trotzdem hat Dagan eine Idee, wie wir uns noch besser aneinander gewöhnen können. Sobald ich alleine die Bögen bauen kann, soll ich euch zu ihm schicken.

Er möchte euch zu seinen Kriegern bringen und in die Truppe eingliedern. Ich denke, ich werde mit dem, was ihr mir in den letzten Wochen gezeigt habt, eine Weile arbeiten können." Toran zeigt auf die bisher gefertigten Bögen und die Zeichnungen, die überall herumliegen.

Da ein paar Tage später ohnehin das wöchentliche Zusammentreffen mit Dagan stattfinden soll, machen wir bis dahin weiter und optimieren die Länge noch ein bisschen. Die etwas kürzeren Bögen, die wir für die Zwerge konstruiert haben, besitzen keine so große Reichweite wie unsere eigenen. Mehr als achtzig bis höchstens hundertzwanzig Meter konnten wir nicht erreichen. Doch die Zwerge können mehr Kraft auf der Sehne nutzen. So bekommen die Geschosse eine vernünftige Durchschlagskraft. Es hat einige Zeit gedauert, Pfeile zu konstruieren, die zu den neuen Bögen passen, aber wir vermuten, dass wir nun eine gute Lösung gefunden haben. Wir haben sie ein wenig dicker gemacht, was aber zu der kürzeren Reichweite passt.

Die Zwerge wollen damit ja auch keine Wettkämpfe veranstalten, sondern sich die Orks vom Hals halten.

Gyllinn feilt weiter an unseren Sprachkenntnissen, meint aber, dass wir nun die Sprache sprechen müssen, um sie zu festigen. Verschmitzt schaut sie uns an. „Wenn es die Zeit erlaubt, würdet ihr mir eure Sprache beibringen? Sie klingt sonderbar, aber interessant, und ich hatte lange nicht mehr die Gelegenheit, eine neue Sprache zu lernen."

Wir schauen uns überrascht an. Milaileé lächelt Gyllinn an: „Mit Vergnügen. Es ist mir eine Freude, euch unsere Sprache zu lehren."

Die Zwergin bedankt sich freudig. Die meisten Zwerge erwarten, dass wir ihre Sprache erlernen, um mit ihnen zu kommunizieren. Sehr wenige bekunden Interesse an unserer Sprache, umso überraschender ist der Wunsch unserer Lehrerin. Milaileé und Gyllinn verabreden sich jeden Abend für eine Stunde, um der Zwergin die Grundzüge unserer eigenen Sprache beizubringen.

An dem wöchentlichen Treffen mit Dagan nehmen wie üblich Disur und sämtliche Hauptmänner teil. Toran und Gyllinn, die sonst über unseren Fortschritt berichtet haben, fehlen diesmal.

Dagan eröffnet das Treffen ohne große Umschweife. „Seid gegrüßt. Lasst mich kurz berichten: Wie schon in der letzten Woche gibt es keine großartigen Neuigkeiten. Die Goblins sind offensichtlich zu den Orks gezogen und dort scheint sich einiges zu tun.

Leider können wir mehr noch nicht sagen, da unsere Kundschafter nicht weit in das Land der Orks vordringen konnten. Aus diesem Grund werde ich in ein paar Wochen eine Abordnung zu Toistrom schicken, damit die Kunst des Bogenbauens, die unsere Gäste Toran gelehrt haben, weiter verbreitet werden kann."

Ein verächtliches Schnauben ist aus der Richtung von Disur zu hören.

„Ich weiß, dass es dir nicht gefällt, Disur." Dagan schaut missbilligend in seine Richtung. „Keiner zwingt dich, einen Bogen zu benutzen, aber du wirst akzeptieren müssen, dass wir alles tun müssen, um unser Reich zu schützen."

Disur schaut verächtlich in unsere Richtung, sagt aber nichts dazu.

„Unsere Gäste werden sich ab heute den Trainingseinheiten deines Trupps anschließen, Disur!" Der Angesprochene schaut überrascht auf und will etwas sagen, aber Dagan bringt ihn mit einer Handbewegung zum Schweigen. Auch wir schauen ihn unbehaglich an. „Es ist mir gleich, was du davon hältst. Füge sie in den Trupp ein und sorge dafür, dass ihr alle, ich wiederhole, alle eine Einheit bildet. Nubnus und Ruoism werden deinem Trupp ebenfalls zugeordnet. Sie werden die Bogenschützen bei euch sein."

Mit diesen Worten wendet sich Dagan an die anderen Truppführer, ohne Disur die Gelegenheit zu einem Widerspruch zu geben.

„Und ihr sucht in euren Trupps nach Freiwilligen, die sich im Umgang mit dem Bogen ausbilden lassen. In der nächsten Woche erwarte ich einen Bericht mit der Anzahl der Bogenschützen, die wir bis dahin haben."

Mit diesen Worten beendet Dagan die Sitzung und bedeutet uns allen, zu gehen. Disur will noch etwas sagen, schweigt aber lieber. Dagan hat klargemacht, dass seine Entscheidung endgültig ist. Wie schon die anderen Male, an denen wir an einer solchen Versammlung teilnehmen durften, sind wir beeindruckt, dass bei den Zwergen solche Anweisungen ohne Diskussion hingenommen werden.

Bei uns zu Hause wäre jetzt eine hitzige Diskussion entbrannt, die sich leicht über viele Tage hätte erstrecken können. Wir haben allerdings auch keinen König, der das letzte Wort hat, sondern einen Rat, der aus mehreren besteht, die nicht immer, also sehr selten, einer Meinung sind. Disur verlässt als erster den Raum und ihm ist seine Unzufriedenheit über die Entscheidung Dagans deutlich anzusehen.

Ich bin froh, ihm nicht im Wege zu stehen, als er hinaus stürmt.

Wir begeben uns in unser Quartier, nicht ganz ohne Bedenken, was unsere Zusammenarbeit mit Disur angeht.

„Das kann ja heiter werden. Der Kerl kann uns doch nicht ausstehen, der wird uns das Leben zur Hölle machen." Ich spreche aus, was wir alle drei denken.

Milaileé nickt bestätigend: „Ich denke auch, dass es nicht einfach wird. Immerhin sind Nubnus und Ruoism dabei. Die beiden zumindest sind uns wohlgesonnen."

Milaileé legt ihren Kopf an meine Schulter und ich schließe vorsichtig meinen Arm um sie. Wir sind uns in den letzten Wochen ein wenig nähergekommen. Ihre unbekümmerte Art fasziniert mich immer wieder aufs Neue und ihr Lachen lässt mein Herz schneller schlagen. Delavar scheint es nicht zu stören, dass wir uns einander nähern. Zumindest lässt er es sich nicht anmerken, wenn es so sein sollte.

„Ich freue mich auf die Herausforderungen, die uns noch erwarten. Egal, ob uns einige Zwerge mögen oder nicht. So ein Abenteuer hätten wir zu Hause niemals erleben können. Ich möchte um nichts in der Welt mit Leutherion tauschen", fährt Milaileé fort.

Delavar ist nachdenklich. „Ich glaube zwar nicht, dass es bei uns zu Hause im Moment langweilig ist, aber ich gebe dir Recht. Wer hatte in den letzten Jahrhunderten schon die Möglichkeit, andere Rassen kennenzulernen? So abgeschieden, wie unser Volk die letzten Jahrhunderte gelebt habt, ist es eine Wohltat, diese Abwechslung zu erleben."

Wir begeben uns zur Ruhe und Milaileé und ich genießen noch ein wenig die Nähe des anderen.

Mit dem Duft ihres Haares in der Nase, einen Arm um sie gelegt, schlafe ich ein.

Am nächsten Morgen begeben wir uns frühzeitig zu dem Trainingsplatz, den man uns genannt hat. Wir wollen nicht, dass die Zwerge aus Disurs Truppe, die uns ohnehin mit Argwohn betrachten, auf uns warten müssen. Der Trainingsplatz ist eine riesige Höhle.

Die Decke ist kaum zu sehen, so hoch oben befindet sie sich. Der Durchmesser der Höhle beträgt mindestens einhundert Meter. An den Rändern steigen Stufen in fünf Reihen nach hinten an. Diese werden offensichtlich als Sitzplätze genutzt. Das Training kann von jedem besucht werden. Heute haben sich bestimmt einhundert Zwerge dort niedergelassen und warten gespannt auf das, was da kommen mag. Ich stelle mir vor, wie sie Wetten gegen uns abschließen. Ich suche nach den vier Jungzwergen, die sich so geringschätzig uns gegenüber verhalten haben, und sehe sie in der Tat auf den vordersten Plätzen sitzen.

Wir sind vor Disur und seinem Trupp eingetroffen. Nubnus und Ruoism kommen kurz nach uns, bald darauf die restlichen Zwerge mit Disur. Mit uns und Disur sind nun zwanzig Personen auf dem Platz.

„Gut, da ich euch nun einmal in der Truppe habe, wollen wir erst einmal sehen, was ihr könnt. Ich hoffe, ihr seid im Nahkampf mindestens genauso gut wie mit euren Bögen", beginnt Disur seine Ansprache vor der kommenden Trainingseinheit. „Heute werdet ihr erst einmal euren Mut und eure Geschicklichkeit beweisen müssen, bevor wir euch in unsere Truppe aufnehmen." Disur spricht mit lauter Stimme und ich meine, aus den Zuschauerreihen zustimmende Rufe zu hören.

„Ich werde nicht das Leben meiner Krieger riskieren, nur weil ihr nicht auf euch selbst aufpassen könnt."

Seine Krieger äußern sich nicht, sondern schauen uns nur prüfend an.

Super, die werden uns windelweich prügeln, denke ich bei mir. Wir schauen uns an, zucken mit den Schultern und ergeben uns in unser Schicksal.

„Als erstes werden wir eure Fähigkeiten im Zweikampf prüfen. Du", er deutet auf Delavar, „wirst dich mit Thefur messen. Jeder kämpft mit der Waffe, die er am besten beherrscht." Er zeigt auf Milaileé. „Du kämpfst gegen Cykina und du", sein Blick geht auf mich, „gegen Fomnar."

Die drei Genannten treten hervor. Mit einem breiten Grinsen schauen sie uns an. Eine gewisse Vorfreude auf die Kämpfe steht ihnen ins Gesicht geschrieben. Ich wusste, dass bei den Zwergen die Frauen, wie auch bei uns, zu Kriegerinnen ausgebildet werden.

Gleichwohl bin ich erstaunt, als mein Blick auf die Zwergin Cykina fällt. Hätte er nicht ihren Namen genannt, hätte ich sie für einen männlichen Zwerg gehalten. Außer dem fehlenden Bart unterscheidet sie sich in nichts von ihren männlichen Begleitern. Sie ist wie die anderen in ein Kettenhemd gekleidet und führt eine schwere doppelköpfige Axt mit sich. Die Helme, die die Zwerge tragen, nehmen sie ab und legen sie beiseite.

„Die Kämpfe werden nacheinander ausgetragen, denn ich möchte sie selbst beurteilen können. Ihr beide", er zeigt auf Milaileé und Cykina, „beginnt!"

Die anderen Krieger treten zurück und Milaileé steht mit ihrer Kontrahentin in der Mitte der Höhle.

Sie hat ihr Schwert gezogen, während die Zwergin ihre Axt beidhändig vor sich hält.

Aus der Zuschauermenge höre ich Pfiffe und einige Rufe, die die Zwergin anfeuern sollen. Ich versuche, sie zu ignorieren und mich auf den Kampf zu konzentrieren. Prüfend umkreisen sich die beiden eine Zeitlang. Mit vorsichtigen Schlägen tasten sie sich langsam aufeinander zu. Mir ist nicht ganz wohl bei der Sache. Diese gewaltige Axt ist sicherlich in der Lage, Milaileés Schwert in Stücke zu schlagen, wenn die Zwergin genügend Kraft in den Schlag legt. Die Zuschauer werden unruhig. Die Rufe, Cykina solle endlich losschlagen, werden immer lauter und einige sind sogar ungeduldig aufgestanden.

Cykina verliert dann auch als erstes die Geduld und beginnt, angefeuert durch die Menge, mit einer schnellen, brutalen Angriffsserie. Sie lässt ihre Axt um sich selbst wirbeln, schlägt zuerst nach Milaileés Beinen, dann sofort zu ihrem Hals. Delavar und mir stockt der Atem. Uns beiden ist sehr wohl bewusst, dass beide mit scharfen Waffen kämpfen. Gelingt eine Parade oder das Ausweichen nicht, gibt es nicht nur blaue Flecke. Selbst, wenn die Waffen stumpf wären, so wäre die Axt alleine schon durch die Wucht der Schläge in der Lage, Knochen zu brechen. Milaileé kann den Angriffen allerdings mühelos ausweichen. Sie probiert nacheinander verschiedene Gegenangriffe aus, kommt aber nicht an der wirbelnden Axt vorbei und muss sich immer wieder zurückziehen. So wird sie von Cykina über den Platz getrieben. Delavar und ich sind gebannt von dem Schauspiel. Die lauten, anfeuernden Rufe aus der Zuschauermenge beachten wir gar nicht.

Zumal sie ohnehin für Cykina und nicht für Milaileé gedacht sind. Es hört sich so an, als wurden tatsächlich Wetten auf den Ausgang des Waffengangs abgeschlossen.

Da Milaileé nicht durch die Deckung der Zwergin kommt, führt sie ein sehr riskantes Manöver durch. Ich kenne es, denn wir haben es in der Westfeste alle immer wieder geübt. Jedoch ist eine scharfe, metallene Axt einer Zwergin etwas anderes als der Holzspeer eines Goblins. Ich halte vor Anspannung den Atem an. Milaileé wartet ab, bis Cykina sie mit einem frontalen Stoß nach hinten treiben will. Statt zurückzuweichen, springt sie hoch und landet mit beiden Füßen auf der Breitseite der Axt. Dadurch drückt sie diese nach unten und sie kann sich abstoßen. Mit einem Salto springt sie über die Zwergin in deren Rücken.

Diese lässt sich jedoch nicht irritieren und als Milaileé zuschlägt, ist die Axt schon zur Stelle und blockt den Schlag ab. Milaileés Schwert verhakt sich in dem geschwungenen Blatt der Axt und beiden wird durch die Wucht des Zusammenpralles die Waffe aus der Hand gerissen. Sie stehen sich schwer atmend gegenüber. Die Zuschauermenge ist totenstill. Mit einem Unentschieden hat wohl niemand von ihnen gerechnet.

Cykina regt sich zuerst. Sie streckt Milaileé die offene Hand hin. „Das war ein schöner Kampf. Endlich mal wieder eine Herausforderung. Wir sollten das bald wiederholen."

Als Milaileé die angebotene Hand ergreift und die beiden sich die Hände schütteln, bricht die Zuschauermenge in Jubel aus. Ich bin mir auch sicher, laute Flüche zu hören.

Da scheinen einige wohl auf einen anderen Ausgang gewettet und ihr Geld verloren zu haben.

Disur lässt sich nicht anmerken, ob Milaileé ihn beeindruckt hat oder nicht. „In der Tat, es war ein interessanter Kampf. Nun sind der Elf Delavar und Thefur an der Reihe."

Disur winkt mit einer knappen Geste die beiden auf den Platz.

Thefur hat zwei kleine Handäxte. Sie sehen nicht so wuchtig aus wie die große Doppelaxt von Cykina, jedoch sind sie genau so scharf. Delavar hat sich gegen das Schwert entschieden und hält seinen Stock in der Hand. Ich frage mich kurz, ob die beiden Äxte das Holz des Stockes nicht in kürzester Zeit kleingehackt haben werden, aber dann erinnere ich mich an die Kämpfe, die ich bei Delavar beobachten konnte, und der Zwerg tut mir ein wenig leid. Das siegessichere Grinsen, das seine Mundwinkel umspielt, wird ihm wohl sehr bald vergehen. Die beiden halten sich nicht mit allzu viel Vorgeplänkel auf. Delavar übernimmt die Initiative und dringt mit dem wirbelnden Stock auf Thefur ein. Der Zwerg hat alle Hände voll zu tun, den Stock abzuwehren. Ich kann genau sehen, dass er schon mehrfach getroffen worden wäre, hätte Delavar den Schlag nicht im letzten Moment umgelenkt.

Thefur und die anderen Zwerge haben es natürlich ebenso wahrgenommen. Während von einigen Zwergen anerkennendes Murmeln zu hören ist, verhärten sich die Züge von Thefur und es ist unverhohlener Zorn zu erkennen. Ohne Rücksicht auf seine eigene Deckung geht er mit wirbelnden Äxten auf Delavar los.

Einige Augenblicke lang ist er mit Ausweichen und dem Abblocken der Schläge des Zwerges vollauf beschäftigt. Dann gelingt es ihm, sich nach links zu drehen, sich unter den parallel geführten Äxten hindurchzuducken und Thefur den Stock in die Kniekehlen zu stoßen.

Durch seinen eigenen Schwung getragen, kann der Zwerg sich nicht mehr abfangen und stürzt hin. Dabei lässt er beide Waffen fallen. Der Kampf ist zu Ende. Der Beifall der Zuschauer ist ohrenbetäubend. Delavar hält Thefur die Hand hin, um ihm aufzuhelfen. Dieser ignoriert sie, steht auf und geht wutschnaubend weg.

Disur ignoriert das Verhalten von Thefur. „Nun die letzten beiden." Er zeigt in die Mitte der Höhle.

Fomnar tritt vor und die Zuschauermenge ist dieses Mal still. Er benutzt keine Axt wie die anderen beiden. Dafür hat er zwei schwere Metallstäbe in den Händen. Sie sind reichlich mit Gravuren verziert. Ich habe mein Schwert gezogen, aber noch keine Idee, was ich gegen die beiden Stäbe ausrichten kann. Mit dem Kampfgeschick von Milaileé und Delavar kann ich nicht mithalten, denn mir fehlt ihre Erfahrung. Außerdem habe ich noch nicht gegen diese Art von Waffe gekämpft.

Aranáreb hat mich zwar darauf vorbereitet, mit jeder Situation zurechtzukommen, aber sie nur zu üben und ihr dann wahrhaftig gegenüberzustehen, sind zwei völlig unterschiedliche Dinge. Innerlich mache ich mich auf eine schmerzhafte Lektion gefasst.

Ähnlich wie beim ersten Kampf von Milaileé und Cykina umkreisen wir uns lauernd. Ich versuche einzuschätzen, wie Fomnar die Stöcke einsetzen wird.

Bringt mir aber nicht viel, da er sich kaum bewegt und mir damit nichts verrät. Den rechten Stock hält er waagerecht nach vorn, den linken mit abgeknicktem Handgelenk nach hinten. Einen zur Deckung, den anderen zum Angriff bereit.

Innerlich seufzend entscheide ich mich dazu, die Prügel schnell hinter mich zu bringen. Ich gehe zum Angriff über, schlage mit einem seitlichen Hieb nach seiner linken Schulter. Diesen blockt er mit beiden Stäben ab, führt meine Klinge über seinen Kopf, sodass sie harmlos auf der anderen Seite längs schneidet. Durch meinen Schwung weitergetragen bekomme ich einen schmerzhaften Schlag von beiden Stäben in den Magen. Mir wird kurz schwarz vor Augen und ich krümme mich unwillkürlich zusammen. Mein Rücken ist ihm nun schutzlos zugewandt. In der Erwartung, dass ich zu Boden gehe, tritt Fomnar einen Schritt zurück und greift nicht an. Als ich mich aber wieder aufrichte und er registriert, dass ich noch nicht besiegt bin, greift er mit einem über Kreuz geführten Schlag meinen Kopf an. Mir bleibt nichts anderes übrig, als mich wegzuducken.

Glücklicherweise hole ich nicht zum Gegenschlag aus, so habe ich die Klinge parat, als sein Schlag sofort zu meinen Knien geht. Die Parade lässt mein Schwert vibrieren und ich muss einen weiten Schritt zurück machen. Meine Klinge kann nur einen der Stöcke aufhalten, dem zweiten muss ich ausweichen.

Die Schlagfolgen, die nun auf mich zukommen, kann ich kaum erkennen, und mehr Glück als Können sorgt dafür, dass ich drei der Schläge noch gerade so abblocken kann.

Dem vierten kann ich mit einer Drehung ausweichen, bekomme aber dafür den fünften mit voller Wucht ins Kreuz und stürze nach vorne. Geistesgegenwärtig nutze ich meinen Fall, um ihn nach vorne in eine Rolle umzuwandeln.

Wie Aranáreb es mir vor einer gefühlten Ewigkeit beigebracht hat, halte ich das Schwert dabei fest und rolle mich darüber, vom Gegner weg. Als ich wieder auf die Füße komme und das Schwert noch in der Hand habe, meine ich, einen anerkennenden Blick in Fomnars Gesicht zu erkennen. Sicher bin ich mir aber nicht.

„Gar nicht mal so schlecht. Für so ein dürres Klappergestell bist du recht zäh", ruft er mir grinsend zu.

Die Zuschauer lachen auf und auch Disur und seine Jungs lachen bei seinen Worten, jedoch nicht boshaft. Es klingt irgendwie amüsiert und munter.

„Du schlägst ja auch zu wie ein kleines Mädchen", antworte ich ihm und versuche, mir meine Schmerzen nicht anmerken zu lassen.

Mir ist klar, dass ich meine Worte gleich bitter bereuen werde, aber sie kamen wie von selbst über meine Lippen.

Grinsend wirbelt er mit seinen Stöcken vor seiner Brust und kommt langsam auf mich zu. Die letzten zwei Meter überwindet er mit einem schnellen Schritt nach vorn. Leider merke ich erst, als sein Schlag mich schon erreicht hat, dass ich meinen rechten Arm kaum noch heben kann. Ich bin beinahe wehrlos, aber er hat es glücklicherweise nicht darauf abgesehen, mich zu treffen, sondern will mich nur entwaffnen. Das gelingt ihm auch ohne Weiteres. Seine beiden Stäbe prallen mit solcher Wucht gegen mein Schwert, dass es mir aus der Hand geschleudert wird.

Dann hebt er sie über Kreuz und schlägt von beiden Seiten zu meinem Kopf. Millimeter, bevor er mich trifft, hält er inne.

Ungläubig schaut er mich an. „Entweder bist du tatsächlich sehr mutig oder einfach nur irre." Mit einem fragenden Gesichtsausdruck lässt er seine Waffen sinken. „Ich habe noch niemals jemanden erlebt, der ohne zu blinzeln so einen Schlag hinnehmen kann."

Ich kann Respekt in seinen Augen sehen und verschweige ihm lieber, dass ich seinen Schlag gar nicht so schnell gesehen habe und deshalb nicht die Augen geschlossen habe. Ich hatte schlichtweg keine Zeit für irgendeine Reaktion. Ich versuche, mir das Schwindelgefühl nicht anmerken zu lassen und mit festen Schritten zu den anderen zu gehen.

„Gut, damit wissen wir, dass ihr euch eurer Haut erwehren könnt und wir nicht ständig auf euch aufpassen müssen."

Disurs Worte führen nicht nur zu nickenden Köpfen. Fomnar, Cykina und sogar Thefur runzeln die Stirn. Auch ich finde, dass wir uns sehr gut geschlagen haben und etwas mehr Anerkennung verdient hätten. Wir belassen es jedoch dabei, um den Frieden zu wahren.

Nubnus und Ruoism treten zu uns, ebenso Cykina und Fomnar. „Wir freuen uns, euch als Kampfgefährten bei uns begrüßen zu dürfen."

Disur kommt ebenfalls zu uns. „Da wir das geklärt haben, können wir nun mit dem eigentlichen Training beginnen."

Ich unterdrücke ein Aufstöhnen. Mir tut alles weh und das Training hat erst begonnen. Das wird ein toller Tag werden.

Kurz sehne ich mich nach den Trainingseinheiten mit Aranáreb zurück.

„Ihr drei", er zeigt auf uns, „schaut euch zuerst einmal unsere Übungen an. Anschließend seid ihr dran und ich überlege mir, wie wir euch bei uns einfügen."

Ich bin froh darüber, mich ein wenig ausruhen zu können. Der Schwindel hat noch nicht ganz nachgelassen und auch der Schlag in den Magen wirkt noch immer nach.

Das Training der Zwerge unterscheidet sich zwar nicht allzu sehr von unserem, allerdings stockt mir immer wieder der Atem. Selbst im Training schenken sich die Mitglieder des Zwergentrupps nichts und sie schlagen aufeinander ein, als würde es sich um einen richtigen Kampf handeln. Ich möchte diesem Zwergentrupp nicht als Feind gegenüberstehen. Ihre Fähigkeit, sich gänzlich aufeinander einzustellen, zeugt von jahrelanger Übung. Diese Krieger bilden schon seit sehr langer Zeit eine Einheit.

„Wie sollen wir uns da bloß einfügen? Wir werden ihnen in einem ernsten Kampf nicht wirklich eine Hilfe sein." Milaileé schüttelt den Kopf.

Auch Delavar ist unsicher. „Ich kann Disur nun verstehen, dass er mit uns nichts anfangen kann. Wir können nur unser Bestes geben und versuchen, uns einzufügen."

Als wir an der Reihe sind, entscheiden wir uns für den Kampf zwei gegen einen. Milaileé und ich werden mit unseren Schwertern Delavar angreifen, der sich mit seinem Langstock wehren wird. Dieser Kampf dauert nicht sehr lange, ist er doch nur die Vorstufe zum Kampf, gemeinsam zu dritt.

In unseren Trainingsstunden in den Zwergenhallen haben wir uns entschieden, unseren Zweimannkampf auf drei zu erweitern. Delavar soll dabei seinen Stock nutzen, der ohnehin seine stärkste Waffe ist, und wir beide nehmen unsere Schwerter. Um uns aufeinander einzustimmen, haben wir beschlossen, gegeneinander zu kämpfen, damit wir die Schläge und Bewegungen der jeweils anderen kennenlernen. Diese Trainingseinheit führen wir vor. Anschließend trainieren wir unser gemeinsames Vorgehen.

So vergeht eine Woche, in der wir von morgens bis abends trainieren. Zu dritt, mit den Zwergen und auch gegen sie. Für uns ist es eine schmerzhafte, wenn auch wertvolle Erfahrung.

An den Abenden bringen wir Gyllinn und einigen anderen, die neugierig dazugekommen sind, unsere Sprache bei. Die Krieger, zumindest die Gruppe um Disur, haben uns schließlich akzeptiert und wir werden zum Essen an ihren Tisch gebeten.

Als wir an einem Abend erschöpft in unserem Quartier sitzen und unsere blauen Flecken und Schrammen zählen, seufzt Milaileé unvermittelt auf. „Ich würde gerne mal wieder den Himmel sehen. Ich weiß schon gar nicht mehr, wie sich die Sonne im Gesicht anfühlt." Sie lässt sich auf ihr Bett fallen. Sehnsüchtig geht ihr Blick an die Decke.

„Wir können Disur ja fragen, ob wir die nächste Trainingseinheit draußen auf dem kleinen Plateau abhalten können. Ihr wisst schon, bei unserem letzten Aufenthalt haben wir auf diesem kleinen Platz trainiert", schlage ich vor.

Delavar massiert sich die Arme. „Wäre schon gut, mal wieder frischen Wind zu spüren."

Anschließend begibt er sich zur Tür. „Ich werde bei den Kräuterfrauen mal nach einem Balsam gegen Muskelkater suchen." Mit diesen Worten verschwindet er und lässt uns allein.

Milaileé klopft neben sich auf das Bett und lächelt mich schelmisch an. „Komm, ich kenne auch eine Möglichkeit, den Muskelkater zu bekämpfen."

Die Zwerge haben sich einverstanden erklärt, uns zuliebe im Freien zu trainieren. Zwar müssen wir eine Stunde dorthin laufen, aber unserem Wunsch sind sie ohne zu zögern nachgekommen. Einige der Zwerge amüsieren sich zwar über unseren Wunsch nach Tageslicht, aber es handelt sich um gutmütigen Spott. Der Gang, durch den wir laufen, wird in regelmäßigen Abständen von Fackeln erhellt. Bei unserem ersten Aufenthalt war dieser Weg noch unbeleuchtet und wir mussten uns den Weg mit einer Laterne suchen. Disur öffnet die schwere Tür, die nach draußen führt. Obwohl ich ihn dabei genau beobachte, kann ich den Mechanismus, den er bedient, nicht erkennen. Mit zusammengekniffenen Augen treten die Zwerge vor uns ins Freie. Wir folgen ihnen ungeduldig und genießen den scharfen Wind, der uns hier oben um die Nase weht.

Anders als damals liegt nun kein Schnee mehr. Der harte, karge Felsboden zeigt, dass es auch hier oben im Gebirge im Sommer wunderschön sein kann. Das blühende Leimkraut färbt das Plateau leuchtend lila. Die Sonne kitzelt in der Nase und wir müssen uns erst ein paar Augenblicke an die Helligkeit gewöhnen. Ich verbringe einige Augenblicke damit, mein Gesicht in die Sonne zu halten und die wärme zu genießen. In den Zwergenstollen ist es zwar keineswegs dunkel, denn überall hängen Fackeln und Laternen, aber gegen die wärmende Sonne und den frischen Wind kommt auch die schönste Öllampe nicht an.

Disur gibt Anweisung für unser heutiges Training: „Wir werden die Gelegenheit nutzen, euch unser Vorgehen in dieser Umgebung zu demonstrieren. Ihr", er deutet auf uns drei, „werdet euch eine Angriffsformation überlegen und dann uns", jetzt zeigt er auf Nubgar, Thefur, Modijar, Miklan und sich selbst, „angreifen. Ich möchte sehen, wie ihr in diesem Gelände zurechtkommt."

Die Angesprochenen machen sich bereit und stellen sich an der Gebirgswand auf. Die übrigen Zwerge ziehen sich zurück und setzen sich am Eingang in den Berg auf den Boden. Gespannt beobachten sie uns und freuen sich sichtlich auf das Spektakel. Da wir uns in den letzten Wochen intensiv mit der Koordination zu dritt beschäftigt haben, begrüßen wir, das Geübte heute einmal ausprobieren zu können, und malen uns gute Chancen aus.

Ich mache es kurz, wir versagen kläglich. So zuversichtlich wir anfangs waren, so schnell zeigen uns die Zwerge, dass ein Kampf im Gebirge nicht mit einem Kampf auf offenem Feld oder in einer Trainingshalle vergleichbar ist. Die fünf Krieger nutzen nicht nur die Tatsache, dass sie ein eingespieltes Team sind, sondern sie beziehen auch jede Nische, jeden Stein und jede Erhebung mit in den Kampf ein. Wir haben nicht den Hauch einer Chance. Unsere blauen Flecken können wir kaum noch zählen.

Vor dem zweiten Durchgang gesellen sich Nubnus und Cykina zu uns. Cykina nimmt uns beiseite: „Wenn ich euch ein paar Ratschläge geben darf: Ich empfehle euch, bei diesem Versuch nicht so dicht zusammen zu bleiben. Durch die Steine und Nischen nehmt ihr euch selbst die Wirkung weg."

Nubnus deutet auf das Gelände. „Ihr kennt die Gegend hier nicht, daher solltet ihr nicht nur euren Gegner im Blick haben, sondern auch hinter und neben ihn schauen und die Bodenbeschaffenheit genau beobachten. Wo könnte eurer Gegner unerwartet Hilfe herbekommen oder über welchen Pfad könnt ihr euren eigenen Leuten zu Hilfe kommen? Welcher Felsen kann euch Deckung geben und welcher euren Schlag behindern? All dies ist wichtig, wenn man in den Bergen als Einheit mit mehreren kämpfen will. Auch müsst ihr das lose Gestein am Boden im Auge behalten. Wenn ihr in einem unglücklichen Moment auf einem losen Stein ausrutscht, dann war es das. Wenn ihr dafür nicht den Blick habt, solltet ihr kein Team bilden, sondern lieber alleine kämpfen. Das ist dann für alle sicherer."

Die beiden ziehen sich wieder zurück und setzen sich zu den anderen. Während unsere Zuschauer es sich erneut auf dem Boden bequem machen, nehmen wir wieder Startposition ein. Dieser Durchgang endet zwar genauso wie der vorherige, aber wir merken deutlich, dass wir länger durchhalten, wenn wir nicht mehr so intensiv aufeinander achten, sondern stärker auf die Umgebung. Gegen Mittag setzen wir uns in der Pause alle zusammen.

Disur ergreift das Wort: „Ich gestehe, ich bin positiv überrascht."

Wir schauen ihn irritiert an.

„Ich habe den alten Erzählungen über die Elfen geglaubt. Ich habe daher keine hohe Meinung von euch gehabt. In den Erzählungen sind die Elfen hochnäsig und haben wenig Durchhaltevermögen."

Die anderen Zwerge nicken zustimmend in seine Richtung.

„Ich habe mir wirklich jede erdenkliche Mühe gegeben, euch in unserem Training zu zermürben. Ich wollte euch dadurch zum Aufgeben verleiten. Ihr habt alle Prügel eingesteckt, die wir euch erteilt haben. Ihr habt nicht gemeckert und habt vor allem nicht aufgegeben. Im Gegenteil, ich stelle fest, dass ihr unsere Ratschläge nicht nur annehmt, sondern auch in der Lage seid, diese nahezu umgehend umzusetzen."

Wieder ein zustimmendes Gemurmel der anderen.

„Ich bin zu dem Schluss gekommen, dass die alten Geschichten nicht stimmen. Ihr müsst zwar noch einiges lernen, um gegen die Orks zu bestehen, aber ich bin zuversichtlich, dass wir euch dahin bringen können." Disur lächelt und nickt uns bestätigend zu. Das scheint seine Art der Entschuldigung für seine ablehnende Haltung in der Anfangszeit zu sein. „Aber einen Bogen benutze ich trotzdem nicht."

Wir sind über seinen Monolog etwas überrascht, freuen uns aber über seine Aussage. Delavar steht auf und reicht Disur die Hand. Nach einem kurzen Augenblick schlägt der Zwerg ein. Damit ist das Eis endgültig gebrochen und wir sind in den Trupp aufgenommen.

Nach dem Essen legen wir uns auf den Boden und blicken in den offenen Himmel. Es sind nur wenige kleine Wolken zu sehen. Hier auf dem Felsen liegen wir windgeschützt und es ist regelgerecht warm an unserem Platz. Ich schließe einen Augenblick die Augen und genieße die Strahlen der Sonne auf meinem Gesicht. Als ich sie wieder öffne, sehe ich ein paar Vögel, die über dem Gebirge ihre Kreise ziehen. Als ich genauer hinsehe, erkenne ich aber keine Vögel, wie man sie hier in den Bergen erwarten kann. Die Umrisse sind zu groß.

Selbst für einen Adler scheint mir die Spannweite zu weit zu sein. Auch kommt mir die Kopfform seltsam vor. Es handelt sich nicht um die typische Form eines Vogelkopfes. Ich habe den Eindruck, als würde der Schnabel fehlen. Ich hoffe, dass meine Augen in der Zeit im Berg nicht gelitten haben, und erhebe mich blinzelnd.

„Disur", rufe ich den Zwerg zu mir, „die Flieger da oben, sind dir diese bekannt? Ich habe solche Vögel noch nie gesehen." Ich zeige in die Richtung der fliegenden Gestalten.

Vier Stück sind dort am Himmel zu sehen. Sie drehen noch einige Male ihre Kreise, dann drehen sie ab und verschwinden in Richtung Norden. Der Zwerg schaut eine Weile in die Richtung, dann steht er abrupt auf.

Fluchend wendet sich Disur an die Krieger, während er gleichzeitig seine Ausrüstung einsammelt. „Das Training ist beendet, wir müssen zu Dagan."

Disur ist kurz angebunden und erntet nicht nur von uns fragende Blicke.

„Ich habe diese Viecher schon einmal gesehen. Das sind keine Vögel. Es sind Th'sch Snotrin, Späher der Orks, und wenn die sich hier im Süden aufhalten, dann bedeutet das nichts Gutes."

Wir packen unsere Sachen und kehren zurück in den Zwergenstollen. Einen wehmütigen Blick werfen wir zurück in das Licht des frühen Nachmittages. Zuerst bereue ich es ein wenig, Disur auf die Gestalten aufmerksam gemacht zu haben, glaube aber, dass wir schon bald die Zwergenfestung verlassen werden und uns dann lange genug im Freien, an der frischen Luft aufhalten werden. Im Laufschritt eilen wir die Gänge entlang.

Kurz halten wir an und Disur spricht mit zwei Zwergen, die daraufhin in die entgegengesetzte Richtung davoneilen. Als wir die Ratskammer erreichen, ist Dagan schon da und auch weitere Hauptleute, die wir bereits von den wöchentlichen Besprechungen kennen. Fragend schaut er Disur an und fordert ihn auf, zu berichten, noch bevor wir uns an dem großen Tisch niederlassen können.

„Th'sch Snotrin kreisen über der Feste. Sil'ir hat vier von ihnen gezählt. Für unsere Augen flogen sie zu hoch, deswegen konnten unsere Späher sie wohl nicht bemerken. Auch ich habe nur kleine Punkte erkennen können, aber der Elf hat sie beschrieben."

Ich erfahre, dass diese seltsamen Vögel schon seit jeher von den Orks als Kundschafter und Späher eingesetzt werden. Da sie in großer Höhe fliegen, können die Zwerge sie nicht gut erkennen und sie werden häufig übersehen.

„Wenn es sich wirklich um Th'sch Snotrin handelt, dann verdanken wir euch eine ausreichend lange Vorwarnzeit." Dagan nickt wohlwollend in unsere Richtung.

Einer der Hauptleute steht auf und bittet um das Wort: „Wenn es sich tatsächlich um die Späher der Orks handelt, dann haben wir tatsächlich noch etwas Zeit, denn die Orks wissen, dass unsere Blicke nicht in die Höhen reichen, in der diese Kreaturen fliegen können. Wenn sie unsere elfischen Freunde nicht entdeckt haben, wissen sie vielleicht noch nicht, dass wir informiert sind. Das würde uns vermutlich drei Wochen Vorlauf geben, bis die ersten Orks sich unserer Grenze nähern. Da sie leider über sehr scharfe Augen verfügen, würde ich mich jedoch nicht darauf verlassen und wir sollten davon ausgehen, dass sie wissen, dass sie entdeckt worden sind.

Ich denke, wir müssen damit rechnen, dass sie sich schon in unseren Bergen befinden. Zumal sie sonst nicht so weit südlich auftauchen würden."

Er setzt sich wieder und nimmt einen großen Schluck aus dem Krug, der vor ihm steht. Dann spricht er weiter. „Ich schlage hiermit vor, dass wir Kundschafter in die inneren Lande ausschicken. Ich befürchte, dass wir nicht nur von außerhalb unserer Grenzen angegriffen werden. Wenn die Schweinenasen die Th'sch Snotrin so tief im Süden einsetzen, dann haben sie unzweifelhaft Größeres vor. Wenn wir die Erlebnisse unserer elfischen Freunde berücksichtigen, dann sind die ruhigen Zeiten vorbei und wir sollten unsere Äxte scharf halten." Er leert seinen Krug und stellt ihn mit einem lauten Knall auf dem Tisch ab.

Die anwesenden Zwerge murmeln und nicken zustimmend mit den Köpfen.

Ein älterer Zwerg, als einziger ohne Rüstung, ergreift das Wort: „Wir sind zu wenige, um alle Festungen zu bemannen. Ich schlage daher vor, die alten Stollen und Verbindungsgänge wieder zu aktivieren."

Dagan steht auf. „Auch wenn es mir unwahrscheinlich vorkommt, so ist an den Worten von euch beiden etwas Wahres dran. Ich werde morgen früh eine Spähpatrouille nach Norden ausschicken, auch wenn ich hoffe, dass sie dort nichts vorfinden wird."

Wir drei schauen uns bei diesen Worten an und Delavar räuspert sich. „Wir würden gerne diese Patrouille begleiten. Wenn unsere Augen weiter blicken können als die euren, sollten wir auf jeden Fall dabei sein."

Milaileé und ich nicken zustimmend.

Disur tritt einen Schritt vor. „Ich stimme Delavar zu. Wir müssen wissen, was im Norden vorgeht.

Da die Elfen meinem Trupp angehören, bitte ich dich darum, uns für diesen Auftrag auszusenden."

„Ich teile zwar eure Meinung, dass wir jeden Vorteil nutzen sollten, der sich uns bietet." Dagan schüttelt unglücklich den Kopf. „Jedoch bin ich ebenso dafür verantwortlich, dass unseren Gästen nichts passiert. Daher ist mir nicht wohl dabei, euch", er schaut uns an, „loszuschicken. Aber auch ich halte es für vernünftig.

Da ihr freiwillig geht, begrüße ich es, auch wenn es mir nicht gefällt, Gäste in Gefahr zu schicken."

Ich bin irritiert. „Wir sind doch nicht hier, damit wir uns erholen können! Wir wollen euch helfen, der Gefahr zu begegnen. Ich denke, wir können gut auf uns aufpassen. Außerdem haben wir Disur und seine Krieger dabei. Was soll da schon passieren?"

Meine Worte veranlassen die Zwerge dazu, mit ihren Bierkrügen zustimmend auf den Tisch zu schlagen. Auch unter den Hauptleuten hat sich die ablehnende Haltung uns gegenüber ins Gegenteil verkehrt.

„Gut, dann haben wir das geklärt. Disur, dein Trupp darf sich entfernen. Rüstet euch mit allem aus, was ihr benötigt. Im Morgengrauen brecht ihr auf." Mit diesen Worten setzt sich Dagan wieder hin und wendet sich seinen weiteren Hauptleuten zu.

Damit sind wir entlassen und die Gespräche wenden sich nun der allgemeinen Verteidigung des Landes zu.

Als wir den Raum verlassen haben, wendet Disur sich uns zu. „Ihr könnt euch vorbereiten, wie es euch beliebt. Um den Proviant braucht ihr euch nicht zu kümmern, dafür sorgen wir. Da mir bewusst ist, dass ihr nicht erkennen könnt, wann der Morgen graut, werden wir euch bei eurem Quartier abholen."

Damit lassen uns die Zwerge alleine und wir begeben uns in unser Zimmer.

„Irgendwie freue ich mich darauf, endlich aus diesem Berg herauszukommen." Auf Milaileés Gesicht liegt ein Lächeln.

„Ja, wie schön, eine neue Aufgabe, dazu noch draußen im Land der Zwerge. Ich bin sehr neugierig, wie es dort aussieht." Delavar pflichtet ihr begeistert bei.

„Die Th'sch Snotrin sind keine natürlichen Wesen. Gezüchtet haben die Orks sie schon vor mehreren Jahrhunderten. Zu einem Teil sind es Steinwölfe, zum anderen Drachenadler. Die Drachenadler sind seit Jahrhunderten nicht mehr gesehen worden. Und ich muss sagen, das war auch kein Verlust. Den Geschichten zufolge handelte es sich um bösartige Flugwesen, die nicht nur jagten, um ihren Hunger zu stillen. Sie sollen ihre Freude an der Jagd auf Zwerge gehabt haben. Die Steinwölfe allerdings streifen bis zum heutigen Tag durch unsere Berge.

Die widernatürliche Kreuzung der Wölfe mit magischen Wesen, wie den Drachenadlern, hat diese grausamen und leider auch bis zu einem gewissen Grad intelligenten Flugwesen geschaffen, die die Zeiten bis heute überdauert haben. Wie die Orks sie damals erschaffen haben und wie sie es geschafft haben, dass es diese Bestien noch immer gibt, das kann keiner sagen. Vermutlich hatte damals einer der dunklen Zauberer einen Pakt mit den Orks getroffen, wobei ich glaube, dass die Orks zu dieser Zeit eher die Untergebenen der Zauberer gewesen sind.

Die Steinwölfe sind normale Raubtiere, die mit dem Verstreichen der Zeit keine Schwierigkeiten gehabt haben. Daher sind sie auch heute noch in diesem Gebirge anzutreffen. Die Adler jedoch sind ausgestorben und existieren nicht mehr.

Es läuft mir ein Schauer über den Rücken, wenn ich mir vorstelle, dass diese Monster, die damals geschaffen wurden, sich vermehren können.

Auf der anderen Seite glaube ich nicht, dass sie unsterblich sind, also müssen sie dazu in der Lage sein."

Unsere Frage nach den Flugwesen, die wir gestern gesehen haben, veranlasst Disur zu dieser ausführlichen Erläuterung. Wir sind sehr früh am Tag von ihm und seinen Zwergen abgeholt worden. Als wir durch ein uns bisher unbekanntes Tor nach draußen treten, sehen wir das erste Grau des anbrechenden Morgens. Der Anblick hat etwas Mystisches. Wir stehen auf einem kleinen Hochplateau. Hinter uns ragt steil eine Bergklippe auf. Vor uns, zu unseren Füßen, erstreckt sich eine Nebelfläche wie die ruhige Oberfläche eines Sees. Die Nebelschwaden sehen aus wie Wellen, die das Wasser kräuseln.

In einiger Entfernung ragen über diesem Nebelsee weitere Berge auf. Die Sonne geht rechts von uns auf und taucht den Nebel und die Bergspitzen in ein graugelbes Licht. Ein kleiner Pfad führt von dem Plateau hinunter in den Nebel. Unwillkürlich suche ich den Himmel nach den Th'sch Snotrin ab, kann aber nichts erkennen. Lediglich ein paar kleine Wolken trüben das klare Blau des Morgenhimmels.

Disur blickt missmutig auf den Dunst. „Wir warten hier, bis der Nebel sich lichtet. Dann brechen wir auf. Eure Aufgabe ist es, den Himmel zu beobachten. Nichts anderes. Um die Dinge, die hier am Boden passieren, kümmern wir uns."

„Es ist wunderschön hier", meint Milaileé verträumt.

Ich kann ihr nur zustimmen. Gemeinsam genießen wir das Schauspiel, das uns die Natur bietet. Als die Sonne etwas höher gestiegen ist, färbt sie den Nebel rosarot ein. Nach einer guten Stunde hat sich der Nebel so weit zurückgezogen, dass wir aufbrechen können.

Ein paar Fetzen hängen zwar noch in Felsspalten, aber im Wesentlichen ist der Blick auf die Landschaft vor uns frei. Der morgendliche Anblick hat uns beinahe vergessen lassen, dass wir uns mitten im unwirtlichen Gebirge befinden. Nun werden wir in die Wirklichkeit zurückgeholt. Das kleine Tal unter uns ist mit einer Wiese voller Sommerblumen und einigen verkrüppelten Kiefern bewachsen. Danach geht es wieder über Felsen und Steine bergauf. Die Bergspitzen, die im Morgenlicht so geleuchtet haben, sind tatsächlich noch viele Tagesmärsche entfernt. Noch immer leuchten sie im Licht der aufgehenden Sonne.

Der Schnee, der dort das ganze Jahr über liegt, reflektiert das Licht so stark, dass es mir unnatürlich hell vorkommt. Auch sorgt die Reflexion des Lichtes für die optische Täuschung, die mir vorgaukelt, die Berge seien nur wenige Stunden entfernt. Angesichts dieser Größe kommt man sich sehr klein vor.

Die Zwerge nehmen uns in ihre Mitte. Disur geht mit Nubgar, Modijar und Glyklen voran. Thefur, Fomnar, Cykina, Thoibur und Miklan sind in unserer unmittelbaren Nähe. Nubnus und Ruoism mit ihren neuen Bögen bilden die Nachhut.

Sobald wir das Hochplateau verlassen haben, verliert die Sonne ihre wärmende Wirkung und uns wird schnell kalt. Der Pfad, dem wir folgen, ist gut angelegt und wir erreichen die mit Gras und Blumen bewachsene Ebene recht schnell. Inzwischen steht die Sonne hoch genug, um auch diesen Bereich zu erwärmen, und die Kälte in unseren Gliedern wird auf ein erträgliches Maß reduziert.

„Hier lassen wir normalerweise unsere Schafe weiden. Nun haben wir sie aus Sicherheitsgründen in den Berg gebracht."

Ich versuche, mir bei Cykinas Worten eine Schafherde mit den dazugehörigen Schäfern vorzustellen. Zwerge mit Filzhut und Hirtenstab, statt Kettenpanzer und Axt. Es will mir nicht so recht gelingen.

Disur legt ein ordentliches Marschtempo vor und am Abend erreichen wir einen Hain mit einigen mageren Fichten. Da die Sonne hinter den Bergen untergeht, schwindet das Licht rasch und die Nacht bricht schneller herein, als wir es aus unserer Heimat gewohnt sind. Ich schätze, dass wir hier bestimmt zwei Stunden weniger Tageslicht haben. Also schlagen wir hier unser Nachtlager auf. Die Zwerge sammeln herumliegendes Holz und entfachen ein munteres Feuer.

Ihre Sorglosigkeit erstaunt mich etwas. „Entschuldige, wenn ich frage, aber ist es nicht etwas gefährlich, ein Feuer zu entzünden, das diese Vogelviecher von Weitem erkennen können?"

„Das spielt keine Rolle. Die Th'sch Snotrin können in der Nacht beinahe so gut sehen wie am Tage.

Die finden uns, ob wir ein Feuer haben oder nicht. Es würde eher auffallen, wenn wir auf Heimlichkeit bedacht wären. Dann würden sie merken, dass wir wissen, dass etwas im Busch ist. Außerdem stellen die Kreaturen alleine keine große Gefahr dar. Sie sind, auf sich gestellt, nicht gefährlicher als ein hungriger Bär. Sie werden vorwiegend als Späher eingesetzt. Die wirkliche Gefahr geht von Orks aus, die sich an den Wächtern im Norden vorbei geschlichen haben könnten. Die Flieger werden den Orks ohnehin mitteilen, wo wir uns befinden.

Also können wir auch ein Feuer machen, uns ausruhen und im Falle eines Angriffes bei vollen Kräften sein."

Ich kann nicht behaupten, dass mich Nubnus' Ausführungen sonderlich beruhigen. Ich halte einen hungrigen Bären durchaus für gefährlich. Doch wir sind in diesem Land fremd und müssen den Zwergen vertrauen, die hier leben und das Land und seine Gefahren kennen.

Die Zwerge kramen aus ihren Rucksäcken allerlei Proviant heraus. Sie haben sogar einen Topf dabei, den sie über das Feuer hängen. Aus einem nahen Bach holen sie Wasser und kochen einen einfachen Eintopf. Dazu gibt es frisches Brot, das sie aus der Festung mitgebracht haben.

„Da eure Augen in der Dunkelheit nutzlos sind, sollt ihr die Nacht schlafen. Wir werden uns um die Wache kümmern. Es mag die Zeit kommen, wo ihr auch in der Nacht den Himmel beobachten müsst. Solange dies nicht der Fall ist, werden wir Wache halten."

Mehr muss Disur nicht sagen. Die Zwerge sind ein eingespieltes Team.

Nach dem Essen gehen einige ohne weitere Anweisung los, um die Umgebung zu sichern. Ich hätte das zwar schon vor dem Essen gemacht, aber ich möchte ihre Abläufe nicht kritisieren. Wir haben festgestellt, dass die Zwerge selten Dinge tun, die nicht gut überlegt und durchdacht sind. Bevor ich einschlafe, beobachte ich trotzdem den Himmel. Er ist sternenklar und das Firmament sieht aus wie eine Decke aus funkelnden Glühwürmchen. Es wäre trotz unserer Nachtsicht nicht leicht, die Th'sch Snotrin zu erkennen. Aber Bewegungen am sternenklaren Nachthimmel würden wir, auch wenn die Zwerge es uns nicht zutrauen, unzweifelhaft bemerken.

Im Augenwinkel kann ich eine Sternschnuppe sehen, die in der Ferne verglüht. Ich bin mir nicht sicher, ob das ein gutes Omen für unsere Reise ist oder ein schlechtes.

Sehr viel später schlafe ich endlich ein. Das Geklapper von Geschirr weckt mich am nächsten Morgen. Es ist noch stockdunkel und nur das frisch entfachte Feuer beleuchtet unseren Lagerplatz. Die Zwerge haben wieder den Topf über dem Feuer hängen und bereiten das Frühstück zu. Dies tun sie unbekümmert und mit einer Lautstärke, die es unmöglich macht, noch einmal einzuschlafen. Resigniert stehe ich auf. Hilfe benötigen sie nicht, so setze ich mich ans Feuer und schaue ihnen bei ihrer Arbeit zu.

„Die Nächte sind hier ganz schön lang." Milaileé setzt sich zu mir.

Wir lehnen uns aneinander und genießen das Feuer und den Luxus, für das Frühstück nichts tun zu müssen. Eine Weile schweigen wir, genießen den Morgen und die Nähe des anderen. Die Hände ineinander verschränkt schauen wir träumend in die Flammen des Feuers. Die Zwerge setzen sich nun auch und wir freuen uns über den friedlichen Beginn des Tages. Einige zünden sich eine Pfeife an. Das Kraut riecht würzig und angenehm.

„Mein Dienst bei der Wache endet in etwas über zwei Jahren." Milaileé unterbricht die Stille mit dieser Feststellung. Ich weiß nicht so genau, was sie mir damit sagen will, aber sie fährt fort: „Ich könnte auch verlängern. Wenn ich sieben Jahre dranhänge, sind wir gemeinsam fertig." Sie dreht mir den Kopf zu und schaut mich mit großen Augen eindringlich an.

Ich setze mehrfach an, etwas zu erwidern, aber mir sitzt plötzlich ein Frosch im Hals und macht es mir unmöglich zu sprechen.

„Wir könnten dann am Ende der Dienstzeit gemeinsam zurück nach Hause gehen."

Wieder hole ich Luft, um etwas zu sagen, wieder erfolglos. Mein Herz schlägt Purzelbäume und lässt mich stumm neben ihr sitzen. Sie scheint auch keine Antwort zu erwarten. Kaum hat sie geendet, erhebt sie sich. Sie stellt einen Krug auf das Feuer, füllt ihn mit Wasser aus dem kleinen Bach und streut einige Kräuter hinein. Ich wünschte mir, dass jede Patrouillenreise so friedlich verlaufen würde. Der Morgen beginnt mit deftigem Eintopf und einem guten Tee. Die ernste Natur unserer Mission kann ich dabei beinahe vergessen.

Als die Sonne hinter den Berggipfeln hervorkommt, haben wir unser Frühstück beendet und brechen auf. Wir haben gestern den größten Teil der grasbewachsenen Ebene durchquert, gegen Mittag erreichen wir ihr Ende und stehen vor einer riesigen Geröllhalde. Darüber erhebt sich eine Felswand, die gestern aus der Ferne klein und harmlos ausgesehen hat. Aus der Nähe scheint sie unüberwindbar zu sein.

Disur ruft uns zu sich. „Wir müssen heute noch über dieses Geröllfeld. Die Nacht auf losem Gestein zu verbringen, ist keine gute Idee. Wir werden uns auffächern und nebeneinander gehen. Ihr", er deutet auf uns, „habt keine Erfahrung mit diesen Steinfeldern. Haltet euch an uns, geht auf keinen Fall hintereinander. Wenn einer von euch einen Stein ins Rollen bringt, dann folgt dem eine gefährliche Lawine. Der möchte niemand im Wege stehen."

Bei diesen Worten verteilen sich die Krieger und fächern sich nebeneinander. Wir werden wieder in die Mitte genommen, diesmal aber mit jeweils einer Zwergenlänge Abstand. Habe ich bei seinen Worten noch gedacht, es sind doch nur Felsen, so werde ich schon bei den ersten Schritten eines Besseren belehrt. Es ist in etwa so, als wenn man über die Glasmurmeln laufen würde, mit denen bei uns die Kinder spielen. Vorsichtig setzen wir einen Fuß vor den anderen und ich muss zu meiner Schande gestehen, dass es mich insgeheim befriedigt, dass auch die Zwerge ihre Schwierigkeiten haben.

Bis zur Hälfte des Geröllfeldes kommen wir, ohne dass jemand eine Katastrophe auslöst.

Dann tritt Delavar auf einen losen Stein und verliert das Gleichgewicht. Glücklicherweise war er uns einige Schritte voraus. So bekommen wir ihn zu fassen und können seinen Sturz aufhalten. Auch wir kommen bei der Aktion gefährlich ins Rutschen, jedoch gelingt es uns, auf den Beinen zu bleiben. Ein Blick zurück lässt mich erschaudern. Wenn jemand in der Linie der losgetretenen Lawine stehen würde, wäre er zerschmettert worden. Mit einer gewaltigen Staubwolke geht das Geröll nieder. Nachdem wir alle einen Augenblick mit unserem Gleichgewicht zu kämpfen hatten, gehen wir weiter.

Kurz darauf höre ich Milaileé rufen: „Th'sch Snotrin! Drei Stück von ihnen kommen von Nordosten in unsere Richtung."

Die Schimpfwörter, die Disur daraufhin loslässt, kenne ich nicht alle und glücklicherweise reichen meine Kenntnisse der Zwergensprache nicht, um sie zu übersetzen. Wir rühren uns nicht, in der unsinnigen Hoffnung, dass sie uns vielleicht nicht entdecken.

Das ist natürlich nur Wunschdenken. Die Zwerge haben uns ja berichtet, wie gut die Augen dieser Biester sind. Es dauert auch nur wenige Augenblicke, da ertönt ein markerschütterndes Kreischen. Es klingt wie eine Mischung aus Hundegebell und dem Zetern einer Elster. Zwei der Kreaturen drehen ab und verschwinden in die Richtung, aus der sie gekommen sind, einer kreist weiterhin über uns.

Disur beweist uns seinen scheinbar unerschöpflichen Vorrat an Schimpfwörtern. Ich bin sicher, dass er nicht ein einziges wiederholt.

„Glyklen und Nubgar, ihr müsst zurück und Dagan berichten, wie nah die Orks schon gekommen sind. Sie müssen sich tatsächlich schon im Land befinden."

Die beiden Angesprochenen murren lautstark und erklären deutlich, dass sie lieber mit uns weiterziehen würden. Doch sie machen kehrt und klettern das Steinfeld wieder hinab.

„So, und wir anderen haben es nun ebenfalls sehr eilig. Wir müssen so schnell wie möglich das Ende dieses Gerölls erreichen. Wenn uns die Orks hier erwischen, haben wir nicht die geringste Chance, hier heil herauszukommen."

Das Kreischen ertönt ein weiteres Mal und treibt uns zur Eile an. Die Sonne ist bereits hinter den Bergen verschwunden und wir erreichen das Ende dieser Todesfalle im letzten Grau des Tages. Ausruhen dürfen wir jedoch nicht.

„Ich gehe davon aus, dass der nächste Trupp der Orks höchstens einen halben Tagesmarsch entfernt ist. Sonst hätten die Th'sch Snotrin sich nicht aufgeteilt, sondern uns einfach nur weiter beobachtet."

Mit diesen Worten führt uns Disur nach Westen, am Rand der Geröllhalde entlang.

Auf unsere Nachfrage, warum wir nicht weiter in das Gebirge vor uns hineingehen, antwortet er uns, dass er rund zwei Stunden Fußmarsch weiter westlich einen optimalen Platz zur Verteidigung kennt. Erst dort werden wir rasten.

Die Zwerge entzünden ihre Lampen. Bei diesen kann der Lichtschein durch eine Blende so eingestellt werden, dass er nur nach vorne abgegeben wird. Durch eine Metallscheibe können sie den Lichtstrahl vergrößern oder verkleinern, je nach Bedarf. Diese Konstruktion ermöglicht es uns, unseren Weg gefahrlos im Dunkeln zu gehen, ohne uns durch den hellen Lichtschein einer Fackel zu verraten.

Der Weg führt uns bergauf auf ein kleines Plateau. Disur hat recht, der Platz ist ideal für die Verteidigung geeignet. Der Pfad, der hinauf führt, ist so schmal, dass höchstens drei Personen nebeneinander gehen können. Um vernünftig kämpfen zu können, dürfen maximal zwei von uns vorne stehen. Auch verläuft er in Windungen, sodass man nicht weit sehen kann. Oben gibt es mehrere Felsbrocken, die uns als Schutz dienen können. Der einzige Wermutstropfen ist der steile und tiefe Abhang am Ende dieses Plateaus. Wenn wir hier kämpfen müssen, gibt es außer dem Sieg keine Option. Einen Fluchtweg gibt es nämlich nicht, es sei denn, wir lernen sehr schnell das Fliegen.

Wir richten uns hinter den Felsen ein und erwarten das Unvermeidliche. Zu meinem Erstaunen scheinen die Zwerge sich keine allzu großen Sorgen zu machen.

Dafür, dass Disur vorhin ziemlich lautstark geflucht hat, richtet er jetzt mit den anderen erstaunlich entspannt und ruhig das Lager ein.

Auf unser Nachfragen hin schüttelt er nur den Kopf. „Ich kann den Kampf nicht vermeiden. Mit Sicherheit haben die verfluchten Kreaturen die Orks auf unsere Spur gebracht. Da die Orks im Dunkeln genau so wenig sehen können wie wir, werden sie uns nicht in der Nacht angreifen. Ich rechne erst im Morgengrauen mit einem Angriff. Warum soll ich jetzt schon nervös sein?"

Seine Worte beeindrucken mich, helfen mir aber nicht wirklich weiter, ich bin trotzdem sehr unruhig. Die Zwerge hingegen finden sich mit dem Unvermeidbaren ab und machen ihren Frieden mit der Situation. Mir tun die Orks, die da kommen, beinahe schon leid. Neugierig bin ich aber schon.

Ich kenne die Goblins, die an unseren Grenzen ihr Unwesen treiben, und ich habe schon Trolle, Oger und sogar Menschen gesehen. Einen Ork jedoch noch nie. Ich versuche mir ein Beispiel an den Zwergen zu nehmen und auch zu schlafen. Leider fällt mir das nicht so leicht. Ein weiteres Mal liege ich lange wach und starre in den Himmel. Die Sterne wirken hier noch heller als gestern. Allerdings werden die Lichtpunkte am Firmament heute von vereinzelten Wolken unterbrochen. Irgendwann muss ich aber doch eingeschlafen sein.

Milaileé weckt mich, aber es ist immer noch dunkel. „Sil'ir, wach auf. Die Orks sind da. Wir können hören, wie sie sich etwas unterhalb von uns sammeln."

Sofort bin ich wach. Meine Nervosität hat sich noch gesteigert. Mein Magen ist ein harter Klumpen und ein wenig Übelkeit steigt in mir auf.

Die Sterne sind nicht mehr zu sehen und es herrscht tiefe Dunkelheit. Ich spanne den Bogen und lege mir die Pfeile bereit. Wir sprechen uns mit Disur ab, schleichen dann beide nach vorne auf den Pfad, der zu uns hinaufführt, und versuchen herauszufinden, mit wie vielen Gegnern wir es zu tun bekommen.

Obwohl wir in der Dunkelheit besser sehen können als die meisten anderen Rassen, so ist es hier in den Bergen auch für uns eine Herausforderung, genug erkennen zu können. Die Sterne stehen nicht mehr am Himmel. Der Mond ist untergegangen und die Sonne noch nicht über den Bergen erschienen. Langsam nähern wir uns einer Biegung, als wir uns nicht weiter trauen. Wir können die Orks zwar nicht sehen, aber wir können sie hören. Sie bemühen sich zwar, leise zu sein, aber ihr Atem geht laut und ihre Rüstung knarzt und klimpert. Wir zählen zwanzig verschiedene Geräuschquellen. Das Knarzen und Klirren verrät uns, dass sie wohl eher Lederrüstung als Kettenhemden tragen, sie aber vermutlich Waffen aus Metall besitzen. Vorsichtig ziehen wir uns zurück und erstatten Bericht.

„Wenn ich einen Vorschlag machen darf." Delavar zeigt auf Nubnus, Ruoism und uns. „Wir fünf eröffnen den Kampf mit unseren Bögen. Damit können wir sie vielleicht kurz aufhalten und ein wenig dezimieren, bis ihr sie im Nahkampf stellt."

Disur runzelt die Stirn „Ich halte zwar nichts von diesen Bögen, aber ich schaue mir ihre Wirkung gerne an. Sobald die Mistkerle das Plateau betreten, stellt ihr den Beschuss ein. Dann sind meine Jungs und ich dran."

Disur greift fest seine Axt und hält sie vor sich. Wir stimmen zu und stellen uns auf.

Wir können die Orks hören, aber noch kommen sie nicht näher. Sie warten tatsächlich auf das Tageslicht. Nubnus und Ruoism stehen aufgrund ihrer geringeren Reichweite vorn und werden durch die Felsen, die unser Lager umgeben, geschützt.

Milaileé, Delavar und ich gehen etwas weiter nach hinten. So können wir ein bis zwei Pfeile mehr schießen, bis Disur und seine Krieger dran sind. Durch die in der Nacht aufgezogenen Wolken dauert es länger, bis wir genug sehen können. Kaum sind die ersten Strahlen der Sonne über den Gipfeln zu sehen, hören wir jedoch die Orks vorrücken. Noch immer bemühen sie sich, leise zu sein, was ihnen allerdings nicht wirklich gelingt.

Als sie in Zweierreihen das Plateau betreten, kann ich diese Kreaturen zum ersten Mal genau in Augenschein nehmen. Sie sind etwa so groß wie wir Elfen, von der Statur aber so kräftig gebaut wie die Zwerge. Ihre Haut hat eine gelbgrüne Färbung. Die Augen haben dieselbe kränkliche gelbe Farbe. Wie schon in der Nacht vermutet, sind sie in Lederrüstung gekleidet. Einige haben kleine Metallplatten auf diese Rüstung genäht. In der Hand haben sie Säbel und rostige, schartige Schwerter. Schilde tragen sie nicht.

Nun mag man es verfluchen, dass die beiden Zwerge und wir uns nicht ausreichend abgesprochen haben, aber es muss für die Orks schon eindrucksvoll ausgesehen haben, wie der Vorderste von ihnen von fünf Pfeilen gleichzeitig getroffen zu Boden geht. Es scheint unsere Gegner auf jeden Fall beeindruckt zu haben, denn sie ziehen sich zunächst wieder zurück.

Da die Zwerge bis heute noch keine Schusswaffen eingesetzt haben, ist die Situation auch für die Orks neu und überfordert sie offensichtlich.

Erst einmal passiert gar nichts und ich höre Thefur leise schimpfen. „Toll, jetzt habt ihr sie mit euren Bögen verjagt und der ganze Spaß ist vorbei, bevor er überhaupt begonnen hat."

„Da wäre ich mir nicht so sicher, Thefur." Milaileé zeigt in den Himmel. „Da sind diese Fliegeviecher wieder."

Tatsächlich nähern sich vier dieser Th'sch Snotrin. Sie fliegen diesmal nicht so hoch und wir können nun erkennen, wie groß sie wirklich sind. Mir kommen sie vor wie kleine Drachen – obwohl ich natürlich noch nie einen gesehen habe. Es gibt bei uns zu Hause aber viele Malereien und Zeichnungen dieser fantastischen Tiere. Sie haben bestimmt die Größe eines kleinen Ponys, die Schwingen eine Spannweite von sechs Metern. Die Krallen sehen sehr lang und scharf aus und auch die spitzen Zähne flößen Respekt ein. Während wir die Bestien bestaunen, merken wir beinahe zu spät, dass sie diesmal nicht nur beobachten, sondern dabei sind, uns anzugreifen. Im Sturzflug stoßen sie auf uns herab.

Da wir zu perplex sind, um uns zu verteidigen, bleibt uns nur übrig, uns flach auf den Boden zu werfen. Knapp über uns pfeifen die scharfen, bestimmt zwanzig Zentimeter langen Krallen hinweg. Glücklicherweise nutzen die Orks diese Gelegenheit nicht, um ihren Angriff zu starten, sondern schauen nur neugierig zu. Das gibt uns die Möglichkeit, uns neu aufzustellen.

Während die Krieger sich um die Orks kümmern werden, ist es nun die Aufgabe von Nubnus, Ruoism und uns, die Th'sch Snotrin in Schach zu halten.

Unsere Einschätzung erweist sich als richtig. Die fliegenden Kreaturen kommen zurück und starten einen zweiten Angriff. Gleichzeitig stürmen die Orks mit lautem Gebrüll auf das Plateau. Die Zwerge stellen sich ihnen entgegen, während wir die Th'sch Snotrin ins Visier nehmen, die erneut auf uns zukommen. Das Glück ist auf unserer Seite. Da sie ebenfalls bislang keine Erfahrung mit Pfeilen gemacht haben, kommen sie in einer geraden Linie auf uns zu und unternehmen nicht einmal den Versuch, den Geschossen auszuweichen. Ich befürchte schon, dass diese Viecher eine natürliche Panzerung haben und sich um die Pfeile nicht sorgen müssen. Als wir im letzten Winter zu den Zwergen ausgezogen sind, haben uns in unserem Winterquartier zwei Trolle besucht. Von ihrer Haut sind unsere Pfeile einfach abgeprallt, ohne auch nur einen Kratzer zu hinterlassen. Hier muss ich mir glücklicherweise keine Sorgen machen. Die Pfeile treffen und wir holen auf einen Schlag zwei dieser Ungeheuer von Himmel. Die anderen beiden brechen ihren Anflug ab und verschwinden gen Norden. Das war jetzt irgendwie zu einfach und ich vermute eine Schliche, aber sie kommen nicht wieder.

Die Orks allerdings ziehen sich nicht so schnell zurück. Sie liefern den Zwergen einen heftigen Kampf. Was wir hier sehen, ist nicht vergleichbar mit dem Verhalten, das wir von den Goblins kennen. Sie gehen zwar auch nicht geordnet vor, dennoch scheinen sie etwas vom Kampf zu verstehen und lassen sich nicht so leicht einschüchtern.

Disur hat angeordnet, dass wir uns nicht mit unseren Bögen einmischen sollen, allerdings hat er nicht verboten, dass wir mit unseren Schwertern eingreifen.

Wir legen also die Bögen beiseite und halten uns bereit, um in den Nahkampf eingreifen zu können, sollte es notwendig sein. Da dies nicht der Fall ist, halten wir uns im Hintergrund und suchen den Himmel ab. Wenn die Th'sch Snotrin wieder auftauchen, sind wir bereit. Der Kampf ist jedoch nach wenigen Minuten vorbei und die Flieger lassen sich nicht mehr blicken. Außer ein paar Scharten in ihren Äxten haben die Zwerge keinen Schaden davongetragen. Von den Orks ist keiner übrig geblieben.

„So, dann lasst uns aufbrechen, solange die Th'sch Snotrin noch weg sind. Vielleicht finden sie uns so schnell nicht wieder, wenn wir erst einmal wieder in den Bergen sind." Disur ruft uns zu sich und wir verlassen das Plateau.

Delavar spricht Disur an: „Wir können doch den Spuren der Orks folgen und sie in ihrem eigenen Lager angreifen. Damit werden sie nicht rechnen."

Die Zwerge bekommen bei seinen Worten leuchtende Augen. Nur Disur überlegt etwas länger, willigt dann aber in den Plan ein. „Die Idee hat ihren Reiz.

Wir können zumindest mal nachsehen, um wie viele es sich handelt." Grübelnd streicht er über seinen Bart. „Aber wenn es zu viele sind, drehen wir um. Wir sollen sie ausspähen und uns nicht in aussichtslose Kämpfe verstricken."

„Ha", äußerst sich Thefur dazu, „so viele können es gar nicht sein, dann hätten wir sie doch sicherlich schon eher entdeckt." Achselzuckend schaut er in die Runde.

Wir folgen der Spur der Orks und erreichen bald wieder das Geröllfeld. Es ist mir ein Rätsel, wie die Zwerge auf diesem felsigen Untergrund auch nur eine einzige Spur finden können. Indes ist die Fährte für sie so gut sichtbar, wie sie für uns im Wald zu sehen wäre. Ich muss mir wiederholt das Lachen verkneifen. Die Zwerge folgen der Spur mit einer kindlichen Freude, sodass es beinahe lustig anzusehen ist. Mit einer blühenden Fantasie malen sie sich aus, was sie mit den Orks anstellen, wenn sie sie gefunden haben. Bald führt uns die Spur nach Norden ins Gebirge hinein.

„Als Yldon mit Hilfe von Utysus dieses Gebirge in den Anfängen der Zeit erschaffen hat, hat er es mit ungezählten Höhlen und unterirdischen Gängen versehen. Wir müssen sehr aufpassen, denn die Orks können ihren Unterschlupf hinter jeder Biegung in einer dieser Höhlen haben."

Durch unseren Unterricht bei Gyllinn weiß ich, dass die beiden Genannten zwei der Götter des Zwergenvolks sind. Yldon ist ihr Gott der Heimat und des häuslichen Friedens und bei den Zwergen für die Erschaffung der Welt verantwortlich. Utysus ist ihr Kriegsgott und wird weitaus häufiger erwähnt. Auch ist er der Gott der Schmiedekunst. Es gibt noch zahlreiche weitere Götter, deren Namen mir aber wieder entfallen sind und die auch bei den Zwergen nicht denselben Status haben wie die beiden.

Disur zeigt in eine breite Klamm, die nach Norden führt. „Die Spuren führen dort hinein."

Mir ist nicht wohl bei dem Anblick. Obwohl die Klamm sehr breit ist und genügend Freiraum für ein Gefecht Mann gegen Mann bietet, sitzen wir in der Falle, sollten die Orks von oben mit Pfeilen oder Felsbrocken angreifen. Die Wände gehen nicht steil nach oben, sondern besitzen immer wieder Absätze und schmale Pfade, die in der Wand verlaufen und es Bogenschützen sehr leicht machen, sich in den oberen Bereichen zu verstecken.

Dieser Gedanke bringt mich auf eine Idee: „Und wenn wir", ich zeige auf Delavar, Milaileé und mich, „in der Wand der Klamm vorangehen und euch von oben absichern?"

Disur überlegt einen Moment, dann nickt er langsam. „Das könnte gehen. Wir müssen hier jedenfalls durch, die Spuren kommen genau von dort. Ob sie ihr Lager in einer Höhle in der Klamm aufgeschlagen haben oder dahinter, kann ich nicht sagen."

Nubnus wirft ein: „Wenn wir die Zeit bedenken, die sie benötigt haben, um uns zu erreichen, dazu die Zeit, bis sie von uns erfahren haben, wird das Lager irgendwo hier im Gebirge sein. Ich denke noch etwa einen halben Tagesmarsch in diesen Hohlweg hinein."

Disur nickt zustimmend: „Dann werden wir den Rest des Tages etwas abseits lagern. Ich möchte nicht bei Einbruch der Dunkelheit über die Orks stolpern.

Wir werden erst morgen bei Tagesanbruch in die Klamm hineingehen. Milaileé und Sil'ir, ihr geht dann links und rechts die Bergwand hinauf. Delavar, du sicherst uns nach hinten in die Luft ab. Ich möchte die fliegenden Biester nicht unversehens im Rücken haben."

Wir schlagen unser Lager ein Stück entfernt vom Eingang in die Schlucht auf und stellen dieses Mal Wachen auf. Ich mache mit Ruoism den Anfang. Die Zwerge schärfen ihre Waffen und bereiten auf einem kleinen Feuer eine Mahlzeit zu. Am Abend legen wir uns früh zur Ruhe, damit wir am folgenden Morgen zeitig aufbrechen können. Wir werden in dieser Nacht nicht behelligt und ziehen im ersten Morgengrauen los.

Ich begebe mich auf die rechte Seite und beginne meinen Aufstieg in die Wand. Wir haben vereinbart, dass Milaileé und ich zwei Stunden Vorsprung bekommen, damit wir die Gegend vernünftig absuchen können. Trotz der niedrigen Temperaturen wird mir recht schnell warm. Die Wand gibt mir einen guten Halt, ich habe beinahe einen kleinen Pfad, dem ich folgen kann. Trotzdem ist die Kletterei ungewohnt und anstrengend. Von Zeit zu Zeit bleibe ich stehen und lausche in die Dämmerung. Nach einer Stunde finde ich eine Höhle. Das Herz schlägt mir bis zum Hals. Vorsichtig nähere ich mich ihr. Es handelt sich nur um eine kleine Nische, gerade mal groß genug, um zwei oder drei Mann Unterschlupf zu bieten. Ab hier wird der Weg schwieriger.

Nun muss ich über Felsen und Steinvorhänge klettern.

Ich habe bestimmt eine Höhe von einhundertfünfzig Metern erreicht. Weiter nach oben komme ich hier nicht mehr, dafür ist die Wand zu meiner Rechten zu steil. Ich denke, dass die Orks ebenfalls nicht höher kommen, und werde versuchen, an dieser Stelle weiterzugehen.

Ich blicke hin und wieder auf die westliche Wand nach Milaileé, kann sie aber nicht entdecken. Unter mir, auf dem Hohlweg, marschieren die Zwerge und hinter ihnen Delavar.

Nubnus und Ruoism haben sich ihm angeschlossen. Ich klettere vorsichtig weiter. Nach einer Stunde hat die Sonne die Klamm erreicht. Bis zum Boden reicht sie noch nicht, aber die westliche Wand wird in warmes Licht getaucht. Ein wenig neidisch bin ich auf Milaileé. Sie hat das Glück, in der Sonne wandern zu können.

Eine Bewegung auf ihrer Seite lässt mich innehalten. Da Milaileé es versteht, sich verborgen zu halten, kann sie es nicht sein. Ich verharre und ziehe mich ein wenig in die Deckung der Steine zurück. Ich schaue gespannt in die Richtung, aus der die Bewegung gekommen ist. Nach einigen Augenblicken sehe ich einen Ork, der den Weg beobachtet. Nun kann ich auch Milaileé sehen. Sie befindet sich schräg über dem Spähposten. Sie kommt allerdings nicht gut an ihn heran. Behutsam nehme ich einen Pfeil aus meinem Köcher und lege auf den Ork an. Nur das leise Sirren des Pfeils ist in der kalten Morgenluft zu hören.

Mein Pfeil trifft den Ork in dem Moment, als er sich gerade nach vorne beugt, um die Zwerge besser überwachen zu können. Er stößt ein ersticktes Keuchen aus und fällt dann hinunter, Disur direkt vor die Füße. Das ist ein deutliches Signal für die Zwerge, dass wir die Orks erreicht haben. Ich kann von meinem Aussichtspunkt gut erkennen, wie Disur seine Krieger aufstellt und sie ab jetzt sehr viel langsamer und vorsichtiger vorgehen. Auch ich bin nun sehr viel behutsamer und meine angespannten Sinne spielen mir immer wieder einen Streich. Ich gehe sozusagen im Zickzack, klettere erst einmal schräg nach unten, dann wieder nach oben.

78

So komme ich natürlich deutlich langsamer voran, kann aber dafür hinter jeden Stein schauen.

Milaileé und ich entdecken noch drei weitere Späher und können diese genauso lautlos ausschalten wie den ersten. Wenige Augenblicke später finden wir aus unserer erhöhten Position den Eingang einer großen Höhle. Sie liegt in der rechten Felswand und besitzt eine Öffnung in der Breite von zwei Zwergen. Davor stehen zwei Orks, die so offensichtlich diesen Eingang bewachen, dass wir uns sicher sein können, das Lager der Orks gefunden zu haben.

Ich schieße den Zwergen einen Pfeil vor die Füße, um ihnen mitzuteilen, dass sie stehenbleiben sollen. Auch wenn wir das Zeichen nicht abgesprochen haben, verstehen sie sofort, was ich meine, und bleiben stehen.

Während die Zwerge und Delavar vor einer Biegung still verharren, suchen Milaileé und ich die Wand weiter ab, ob wir noch andere Späher finden.

Da aber keiner mehr aufzuspüren ist, klettern wir zu den Zwergen hinunter. Einen direkten Weg können wir nicht gehen, das lässt der Berg nicht zu. So benötigen wir noch über eine Stunde, bis wir die Zwerge erreichen. Auf den letzten Metern trete ich auf einen losen Stein und stürze meinen Gefährten vor die Füße. Verletzt habe ich mich nicht, aber die Geräusche hallen laut in meinen Ohren wider. Mit angehaltenem Atem warten wir ab. Die Wachposten scheinen zu unserem Glück nichts gehört zu haben. Es bleibt ruhig aus ihrer Richtung.

Disur stellt unsere kleine Truppe auf. „Cykina und Fomnar, ihr beide kümmert euch um die Wachen. Dann zieht ihr euch sofort wieder zurück. Wir werden einen Augenblick abwarten, ob sich etwas in der Höhle regt.

Anschließend gehen Thefur und ich hinein. Modijar und Thoibar folgen uns leicht versetzt. Delavar und Milaileé kommen im Anschluss. Ihr anderen drei folgt darauf und Sil'ir, du bildest den Schluss." Er schaut mich wegen meines Fehltritts streng an und ich kann ihm nicht verdenken, dass er mich lieber am Schluss haben möchte.

Vorsichtig nähern wir uns der Höhle. Die Zwerge können sich völlig lautlos bewegen, wenn sie es denn wollen. Mit einem Handzeichen bedeutet Disur uns, stehenzubleiben.

Cykina und Fomnar klettern daraufhin in die Wand und sind sogleich verschwunden. Nach einigen Minuten kommen sie um die Biegung auf dem Boden der Klamm zurück.

Wir haben nichts gehört, die beiden haben die zwei Wächter lautlos ausgeschaltet. Gespannt warten wir, ob unsere Gegner unseren Besuch bemerkt haben.

Als sich nichts rührt, rücken wir langsam vor. In der Formation, die Disur vorgegeben hat, betreten wir den Eingang der Höhle. Wir können in dem schummrigen Licht eine kleine Halle erkennen, in die wir alle bequem hineinpassen. Eine Lichtquelle gibt es hier nicht. Das Tageslicht verliert sich bereits nach wenigen Schritten und das Innere der Höhle liegt im Dunkeln.

In der Ferne hören wir Lärm. Gesprächsfetzen in der rauen Sprache der Orks und auch Gelächter dringen zu uns. Sie sind also in der Tat ahnungslos. Als wir vorsichtig weiter in die Höhle eindringen, ist trüber Lichtschein in der Ferne zu sehen. Dort werden die Orks sein. Der Gestank, der uns aus dem Inneren entgegenweht, ist fast unerträglich. Selbst die Zwerge halten die Hände vor ihre Nasen.

Vorsichtig gehen wir weiter. Die Halle verengt sich nach einigen Metern und mündet in einen etwa zwei Meter breiten Gang, der in der Dunkelheit verschwindet. Von dort kommt der dünne Lichtschein.

Disur verwirft seine vorherigen Anweisungen. „Gut, wir ändern den Plan ein wenig. Milaileé, du erkundest diesen Gang, während wir anderen hier warten."

Ich halte sie kurz am Arm fest. „Sei vorsichtig und riskiere bitte nicht zu viel."

Sie schaut mich mit einem durchdringenden Blick an und verschwindet dann ohne ein weiteres Wort in dem dunklen Gang. Ich komme mir töricht vor. Selbstverständlich ist meine Bitte vollkommen unnötig gewesen.

Die Zwerge stellen sich um den Gang, der in die Tiefe des Berges führt, in einem Halbkreis auf und warten auf die Rückkehr Milaileés. Delavar und ich halten uns im Hintergrund und warten mit aufgelegten Pfeilen. Die Zeit vergeht und wir werden langsam nervös. Mehrmals bin ich kurz davor, ihr zu folgen. Als sie nach einer gefühlten Ewigkeit unversehrt wiederkommt, atmen wir alle erleichtert auf.

„Der Gang führt zuerst geradeaus in den Berg hinein, verzweigt sich dann nach etwa zehn Metern." Sie zeichnet mit einer Pfeilspitze einen Plan in den Staub. „Aus Richtung des linken Abzweiges kommen das Licht und der Lärm. Daher bin ich dem rechten gefolgt. Dort kommt man nacheinander in mehrere Höhlen und Kammern. Die Orks scheinen sich dafür nicht zu interessieren, denn es sind keinerlei Spuren von ihnen zu finden. Dafür habe ich dort Überreste von Holzbetten, Regalen, Tischen und Stühlen gefunden.

Die Kammern sind schon lange verlassen."

Disur meldet sich zu Wort: „Das wird ein alter Vorposten von uns sein. Wir haben schon lange keine Wachposten mehr hier im Gebirge. Unser Land ist durch die Festungen in den äußeren Gebirgszügen ausreichend geschützt – dachten wir zumindest." Angewidert spukt er aus. „Das werden wir nun ändern."

„Wir werden den Laden hier heute einmal richtig aufräumen." Thefur reibt sich bei seinen Worten die Hände und auch in den Gesichtern der anderen leuchtet freudige Erwartung auf.

Mir tun die Orks leid, als ich in die fast schon ausgelassenen Gesichter der Zwerge blicke. Auf leisen Sohlen gehen sie im Gänsemarsch in die Höhle hinein. Wir drei folgen ihnen. Wie Milaileé berichtet hat, verzweigt sich der Gang nach wenigen Schritten. Aus der linken Seite hören wir den Lärm nun lauter. Ohne innezuhalten, nimmt Disur den linken Gang. Die Zwerge interessieren sich nur noch für die Orks, die anderen Bereiche dieser Höhle sind nicht wichtig genug, um sie zuerst zu untersuchen. Die Äxte und Hämmer mit festem Griff umklammert gehen sie dem Lärmpegel entgegen.

Nach einigen Metern und zwei Kurven wird der Lichtschimmer heller. Wir nähern uns vorsichtig einer großen Höhle und ich kann aus meiner Position eine runde Halle sehen.

Ein Feuer lodert in der Mitte. Ringsherum sitzen Orks in unterschiedlichster Kleidung und Rüstung und sind in ihr Gelage vertieft. Mich wundert ein wenig, dass sie keine weiteren Wachen aufgestellt haben. Obwohl sie sich inmitten des Zwergenlandes befinden, machen sie sich überhaupt keine Sorgen.

Sie vertrauen ihrer etwas stümperhaft aufgestellten Wache mit den vier Bogenschützen an den Berghängen scheinbar so sehr, dass sie es nicht für nötig halten, weitere Wächter abzustellen. Dass sie sich hier, mitten im Feindesland, so sicher fühlen, macht mich misstrauisch.

Ich will meine Gedanken äußern, kann aber nur kurz Luft schnappen, denn die Zwerge stürmen die Höhle mit lautem Geschrei. Es bleibt uns nur übrig, nach ihnen in das ausbrechende Chaos zu stürzen. Ich kann in dem Wirrwarr zwanzig Orks zählen, bin aber nicht sicher, ob mir nicht der eine oder andere entgangen ist. Wir sind zu zwölft.

Wir drei Elfen gehen gemeinschaftlich vor und nehmen uns eine kleine Gruppe im hinteren Bereich der Höhle vor. Die Orks sind nicht so leicht aus dem Konzept zu bringen wie die Goblins in ihrem Lager im Wald. Sie sind nahezu sofort kampfbereit, auch wenn sie offensichtlich nicht mit einem Angriff gerechnet haben. Es ist mein erster Nahkontakt mit diesen Kreaturen. Schon das erste Aufeinandertreffen zeigt mir, dass die Orks mit den Goblins an unseren Grenzen rein gar nichts gemein haben.

Mein Schwertschlag wird von meinem Gegner mit seinem Krummsäbel geblockt und mir ist, als würde ich gegen einen Stein schlagen. Mein ganzer Arm vibriert und ich habe meine liebe Mühe damit, mein Schwert festzuhalten. Meinen Gegner beeinträchtigt der Schlag überhaupt nicht, denn er kontert sofort und ich kann mich nur unter seinem Hieb hinweg ducken. Mehr bekomme ich erst einmal nicht zustande. Wir trennen uns voneinander und umkreisen uns lauernd mit vorsichtigen Schritten.

Da ich mich ausschließlich auf meinen Gegner konzentrieren kann, sehe ich nicht viel von dem, was um mich herum passiert. Nur das Klirren der Waffen und Brüllen der Kämpfenden dröhnt in meinen Ohren. Ich versuche, die Geräusche auszublenden, damit sie mich nicht ablenken.

Der Ork grinst mich an, zwei gelbliche Reißzähne stehen von seinem Unterkiefer hervor und ragen über die Oberlippe hinaus. Seine Augen leuchten gelb und haben als Pupille nur einen kleinen schwarzen Punkt. Ich kann kaum den Blick von dem Gesicht abwenden. Mein Gegner ist der Ungeduldigere von uns beiden und eröffnet die nächste Runde. Mit einem brutalen Stich versucht er, mich auszuschalten. Ich lasse seinen Säbel an meiner Klinge abgleiten, drehe mich um ihn herum und lasse die Schneide über seinen Rücken fahren. Leider ist er mit einem Lederpanzer gerüstet und es gelingt mir lediglich, ein paar der Verschnürungen zu zerschneiden. Dann ist dieses Aufeinandertreffen auch schon vorbei und wir stehen uns erneut gegenüber.

Dieses Mal greife ich an und versuche, ihn mit einer Kombination, die ich mit Milaileé geübt habe, zu Fall zu bringen. Mein erster Schlag zu seiner Kehle ist nur angetäuscht. Den eigentlichen führe ich zu seinen Knien. Leider handelt es sich um einen erfahrenen Krieger und er fällt nicht auf den Trick herein. Er blockt meinen Schlag ab, ohne sich für den ersten zu interessieren. Wieder vibriert mein Arm bis in die Schulter hinein. Der Ork zieht sich zwei Schritte zurück und lacht mich aus.

So interpretiere ich zumindest die Geräusche, die er von sich gibt.

Sogleich breitet er die Arme zu einer einladenden Geste aus. Ihm scheint unser Kampf regelgerecht Spaß zu machen.

So geht es eine Weile hin und her. Wir tanzen einen silbernen Tanz, ohne dass einer von uns beiden einen Vorteil erringen kann. Aus dem Augenwinkel kann ich erkennen, dass die Verschnürungen des Lederpanzers, die ich zuvor angeschnitten habe, sich langsam öffnen. Mein Gegner hat es noch nicht bemerkt. Vielleicht bekomme ich meine Chance, wenn ich noch etwas durchhalte.

So geht der Reigen weiter. Allmählich wird mir die Luft knapp. Das Feuer und der unter der Decke hängende Rauch machen die Sache nicht unbedingt einfacher. Aber dann kommt meine Chance. Ich drehe mich um meinen Gegner herum und finde mit dem Schwert eine nun ungeschützte Stelle in seinem Rücken. Damit ist der Kampf beendet.

Zeit, Luft zu holen, habe ich nicht. Ich sehe Delavar, der sich zweier Gegner erwehren muss. Ich kann das Gleichgewicht wieder herstellen. Da ich noch nach Atem ringe, bin ich ein wenig unaufmerksam und fange mir einen Treffer am linken Oberarm ein. Zu meinem Glück ist mein neuer Gegner der Ansicht, dass er mich damit schon besiegt hat. Unter einem brutal geführten Hieb ducke ich mich hinweg und stoße ihm meine Klinge in die Brust. Mühsam zerre ich an meinem Schwert, bis ich es wieder freibekomme.

Wild schaue ich mich nach einem weiteren Gegner um, doch der Kampf ist beendet. Nachdem ich wieder zu Atem gekommen bin, was einige Augenblicke dauert, fällt mir auf, dass ich keinerlei Freudenrufe höre. Ich spüre, wie es warm an meinem Arm herunterläuft.

Dann fällt mein Blick auf die regungslose Gestalt, die am Feuer auf dem Boden liegt. Schweigend knien die Zwerge um Modijar. Er liegt auf dem Rücken und seine Blicklosen Augen starren in den Rauch, der sich an der Höhlendecke sammelt.

Allmählich dringen wieder Geräusche zu mir durch. Die Zwerge weinen leise und die Tränen laufen in ihre Bärte. Ich stehe da und kann gar nichts denken. Betäubt sehe ich auf die trauernden Zwerge hinunter. Eine sanfte Bewegung reißt mich aus meiner Starre.

„Du bist verletzt, lass mich deine Wunde ansehen." Milaileé zieht mich ein wenig zur Seite und zwingt mich dazu, mich hinzusetzen. Sie gießt etwas Wasser aus ihrem Schlauch über ein Tuch und wischt mir das Blut vom Arm. „Das werde ich nähen müssen, du verlierst zu viel Blut."

Ich schaue an mir herab. Als ich die Menge an Blut sehe, die meinen linken Arm tränkt, wird mir leicht schwindlig. Ich nicke langsam und sie macht sich ans Werk. Ich gebe es nicht gerne zu, aber als sie zum dritten Stich ansetzt, verliere ich das Bewusstsein.

Als ich zu mir komme, befinden wir uns nicht mehr in der verräucherten Höhle, wo der Kampf stattgefunden hat, sondern in der kleineren Eingangshöhle. Der fahle Lichtschein, der durch den Höhleneingang hereinfällt, sagt mir, dass ich recht lange bewusstlos gewesen sein muss. Der Abend dämmert bereits, bald wird es stockdunkel sein. Die Zwerge haben ein paar Öllampen entzündet. Deren warmes Licht reicht allerdings nicht aus, die dunklen Schatten zu vertreiben.

„Du weilst wieder unter den Lebenden, das wurde aber auch Zeit."

Milaileé und Delavar sitzen neben meinem Lager. Die Fröhlichkeit in Milaileés Worten ist nicht echt und ich erinnere mich an den Kampf mit den Orks und auch an den Verlust von Modijar. Wir halten uns etwas abseits von den Zwergen, damit diese in Ruhe trauern können. Sie sitzen im Kreis um den gefallenen Zwerg und summen ein Lied.

„Sind sonst alle ...?", frage ich leise, doch Delavar fällt mir ins Wort: „Bis auf Modijar sind alle am Leben."

Daraufhin schweigen wir und lassen die Zwerge in ihrer Trauer in Ruhe. Bei genauer Beobachtung nehme ich wahr, dass keiner von uns ohne Blessuren davongekommen ist. Ich kann frische Verbände an den Armen und Beinen erkennen.

Als ich aufstehen möchte, um etwas frische Luft draußen vor der Höhle zu schnappen, wird mir schwindlig und ich muss mich wieder setzen. Ich habe doch mehr Blut verloren, als ich dachte.

„Du solltest dich nicht zu viel bewegen", flüstert mir Milaileé vorwurfsvoll zu. „Mit deinem Blut hätten wir einen ganzen Waschzuber füllen können. Wir werden hier noch ein paar Tage rasten müssen, bis du fit genug für den Rückweg bist."

Insgeheim muss ich ihr recht geben. Mir ist nicht nur schwindelig, zudem ist mir nun auch übel. „Und was machen die Zwerge? Die werden nicht tagelang mit Modijar hier lagern wollen."

Sie schüttelt den Kopf. „Nein, das wollen sie selbstverständlich nicht. Sie werden morgen in aller Frühe aufbrechen und Modijar zurück zur Festung bringen. Wir werden ihnen folgen, sobald du wieder geradeaus gehen kannst, ohne wie ein Geist auszusehen." Sie deutet auf Delavar. „Außerdem muss seine Beinwunde ebenfalls verheilen. Ich kann euch schließlich nicht beide tragen."

Delavar zuckt mit den Schultern. „Widersprich ihr nicht, das hat keinen Zweck und vergeudet nur sinnlos deine Kräfte. Ich hatte auch kein Glück."

Milaileé schnaubt und ich meine, so etwas wie ‚Männer' zu hören. Ich lehne mich an die Felswand, trinke einen Schluck Wasser und versuche, ein wenig von unserem Proviant zu essen. Mehr als ein paar Bissen bekomme ich aber nicht hinunter. Bald darauf schlafe ich im Sitzen an der Wand ein.

Es ist noch dunkel, als ich aufwache. Nur die Öllaternen der Zwerge erhellen die Höhle.

Sie sind abmarschbereit. Disur kommt zu uns. Milaileé und Delavar sind ebenfalls wach.

„Wir werden jetzt aufbrechen. Wir lassen euch zwei Laternen und ausreichend Proviant für die nächsten Tage hier."

Bei Disurs Worten reicht Cykina uns einen großen Rucksack. Dann zeigt sie auf den Höhleneingang. „Ich war heute Nacht draußen und habe die Umgebung etwas ausgekundschaftet. Ihr solltet sicher sein. Orks sind keine weiteren in der Nähe. Ich kann nur nicht sagen, was mit den Th'sch Snotrin ist. Wenn sie zurück in die Heimat der Orks gezogen sind und dort Bericht erstatten, solltet ihr in den nächsten zehn Tagen noch Ruhe haben. Ich glaube nicht, dass sich weitere Truppen in unser Land wagen. Zumindest nicht hier in dieser Gegend. Wir werden, sobald wir die Feste wieder erreicht haben, Boten aussenden. Wir werden diese Unholde aus unserem Land werfen und sie werden sich wünschen, niemals aus Ykborhs Grube geklettert zu sein." Mit diesen Worten schließt sie sich den anderen an.

Disur dreht sich um und schaut uns nach drei Schritten noch einmal eindringlich an. „Wenn ihr euch erholt habt, kommt ihr auf demselben Weg zurück, wie wir hierhergekommen sind. Wir sehen uns in der Feste und dort werden wir gemeinsam auf Modijar trinken."

Seine Stimme klingt, als wäre das ein Befehl, und mich beschleicht das Gefühl, dass es auch genau so gemeint ist. Die Bräuche der Zwerge sind mir noch immer halbwegs unbekannt, doch weiß ich, dass ihnen dieses ‚auf jemanden Trinken' eine ernste Angelegenheit ist und wir gut daran täten, seiner Bitte Folge zu leisten.

Vier Krieger tragen Modijar, Disur geht mit Cykina vor, Nubnus bildet den Schluss. So verlassen uns die Zwerge ohne weitere Worte. Es ist im Moment auch nicht mehr zu sagen.

Als von dem Trupp nichts mehr zu hören ist, steht Milaileé auf. „Ich werde in die große Höhle gehen und nachsehen, was noch an Feuerholz übrig ist."

An diesem Tag verlassen wir die Höhle nicht mehr. Wir reden nicht viel miteinander, was durchaus daran liegen mag, dass ich immer wieder einschlafe.

Am folgenden Morgen lässt uns Milaileé für den Vormittag allein. Als sie wiederkommt, trägt sie einen kleinen Bock über der Schulter und auch unsere Wasserschläuche sind wieder gefüllt.

Ich habe mir meinen Dienst bei der Grenzwache wahrlich anders vorgestellt. Sicherlich, ich wusste, dass es kein Spaziergang ist, aber ich habe nicht damit gerechnet, mit aufgeschlitztem Arm in einem Loch inmitten eines mir unbekannten Gebirges zu liegen. Ich weiß zwar, dass die Zwerge das Gebiet hier Slytarq-Berge nennen, aber außer dem Namen wissen wir rein gar nichts von diesem Land.

Nachdem wir das Tier verarbeitet haben, steht Milaileé auf, nimmt ihren Bogen und geht Richtung Ausgang. „Ich werde die Gegend auskundschaften. Ich möchte heute Nacht keine böse Überraschung erleben."

Delavar sieht auf. „Disur meinte doch, dass wir noch einige Tage Ruhe haben werden."

„Er fand es auch ungewöhnlich, hier auf Orks zu treffen. Ich gehe lieber auf Nummer sicher", spricht sie und verschwindet.

Ich nutze die Zeit, um ein paar Übungen mit meinem Arm zu machen, damit er beweglich bleibt. Ein paar langsam ausgeübte Bewegungen mit dem Schwert helfen, die Muskeln zu trainieren. Delavar tut es mir gleich und bewegt sein Bein.

90

Nach ein paar Stunden kommt unsere Gefährtin zurück. „Ich denke, wir sind tatsächlich in Sicherheit. Zumindest momentan. Ich bin den Pass noch etwas weitergewandert. Noch zwei Stunden Fußmarsch, dann öffnet er sich und man blickt auf eine grasbewachsene Ebene. Sogar ein kleines, lichtes Wäldchen ist in der Ferne zu erkennen. Die Bäume stehen weit auseinander. Ich hätte jede Ansammlung von Orks, Zwergen, Kühen oder sonst für Kreaturen eindeutig sehen können."

Sie setzt sich an das Feuer und kaut auf einem Stück Ziege. Nachdenklich starren wir drei in die Flammen.

„Dann sollten wir morgen aufbrechen und uns zur Feste zurückbegeben", meint Delavar schließlich. „Ich denke, dass mein Bein mich wieder tragen kann."

Milaileé schaut uns skeptisch an. „Abwarten." Mehr sagt sie zu unserem Plan nicht,

Am folgenden Tag müssen wir Milaileé zustimmen. Wir sind noch nicht so weit, dass wir einen Marsch durch das Gebirge durchhalten würden.

Ich bin zwar nicht mehr so wackelig auf den Beinen wie gestern und auch Delavar kann wieder auftreten, aber mehr als ein bis zwei Stunden würden wir noch nicht durchhalten. Immerhin können wir aus der Höhle raus und an die frische Luft gehen.

Unsere Entscheidung, noch zu bleiben, erweist sich als richtig, denn gegen Mittag bricht ein regelrechtes Unwetter los. Erst hören wir den auffrischenden Wind, der durch den Pass pfeift, dann gesellt sich das Rauschen des Regens dazu. Vor dem Höhleneingang wird es dunkel und wir ziehen uns tiefer in unseren Unterschlupf zurück. Ein greller Lichtblitz blendet uns und ein ohrenbetäubender Donner hallt durch das Gebirge.

Als wir am Morgen nach dem Unwetter aufbrechen, ist der Himmel zwar noch immer von dunklen Wolken bedeckt, aber es ist trocken und auch der Wind hat nachgelassen. In unsere Umhänge gehüllt verlassen wir den Pass und erreichen am Abend das Geröllfeld. Dort schlagen wir unser Lager auf.

Feuer können wir keins machen und so wird es eine ungemütliche Nacht. Die Wolken verdecken die Sterne und es ist hier beinahe so dunkel wie in der Höhle. Zu allem Überfluss fängt es in der Nacht wieder an zu regnen. Schlecht gelaunt rücken wir aneinander, um uns ein wenig gegenseitig zu wärmen.

Sobald das Licht es zulässt, brechen wir auf und betreten das Geröllfeld. Wir tasten uns Schritt für Schritt abwärts und kommen, wenn auch einige Situationen gab, in denen wir uns nur durch gegenseitiges Stützen vor einem Sturz mit üblen Folgen retten konnten, tatsächlich heil unten an.

Wir benötigen aufgrund unserer Verletzungen bis zum Einbruch der Dunkelheit und lagern etwas abseits von dem Feld. Da es hier vereinzelte abgestorbene Bäume gibt, können wir ein Feuer entfachen.

Als wir am Morgen wieder aufbrechen wollen, bemerken wir einen Schemen, der von einem Felsen zu einem anderen gehuscht ist. Wir sind sofort alarmiert, doch es kann kein Ork sein. Dafür war die Gestalt zu schmal. Sie würde eher zu einem Elfen oder Menschen passen. Vorsichtig gehen wir in die Richtung des Felsens.

Glücklicherweise haben wir unsere Schwerter schon in den Händen, als die Gestalt, die sich hinter dem Felsen verborgen hat, mit gezückten Klingen auf uns zustürmt.

Sie hat zwar das Überraschungsmoment auf ihrer Seite, denn wir haben nicht damit gerechnet, dass unsere Dreiergruppe von einer einzelnen Person angegriffen wird, aber wenigstens müssen wir nicht mehr nach unseren Waffen greifen und können uns sofort verteidigen.

Allerdings muss man schon nach wenigen Schlägen sagen, dass unser Gegner uns mehr als überlegen ist, obwohl wir drei gegen einen sind.

Die Gestalt bewegt sich so schnell, dass ich noch immer nicht erkennen kann, um wen oder was es sich handelt. Sie arbeitet beidhändig und ihre Waffen, ein Schwert und ein etwas kürzerer Säbel, wirbeln in einem tödlichen Tanz vor unseren Augen. Wir haben alle Hände voll zu tun, uns die scharfen Schneiden vom Leibe zu halten.

Ich schaffe es gerade noch, das Schwert zu parieren und mich aus dem Hieb des Säbels herauszudrehen, als die Gestalt mir zusätzlich ein Bein stellt und ich rücklings auf den felsigen Boden stürze. Sie lässt von mir ab und widmet sich Delavar, der die Gunst der Stunde nutzen wollte und mit seinem Stab kräftige Schläge auf die Gestalt niedergehen lässt.

Sie hat allerdings keinerlei Mühe, den Schlägen auszuweichen. Einen besonders wuchtig geführten Schlag wehrt sie mit überkreuzten Klingen ab und prellt ihm mit einer eigentlich unmöglichen Drehung den Stab aus den Händen. Doch auch hier lässt sie es gut sein und nimmt sich Milaileé vor. Ihr ergeht es nicht besser als mir. Sie stürzt zwar nicht, verliert aber innerhalb von kurzer Zeit ihr Schwert. Das alles hat nur wenige Herzschläge gedauert.

Die Gestalt lässt die Waffen sinken und nimmt die Kapuze ab, die bis jetzt ihr Gesicht verhüllt hat. Es dauert ein paar Augenblicke, bis mein Geist mir erlaubt, zu akzeptieren, dass wir gegen einen aus unserem eigenen Volk gekämpft haben. Vor uns steht kein Mensch oder Ork, sondern ein Elf.

Ich weiß nicht, wie ich ihn beschreiben soll. Von der Statur, den ebenmäßigen Gesichtszügen, den spitzen Ohren und den leicht schräg stehenden Augen sieht er genauso aus wie wir. Seine Kleidung ist grau wie die Felsen, was sicherlich eine gute Tarnung ergibt. Allerdings ist seine Haut ebenfalls grau. Ich meine damit nicht fahl, wie wenn jemand erschöpft ist oder zu wenig Sonne bekommt. Seine Haut ist aus demselben Grund grau, wie meine ein dunkles Beige aufweist. Er sieht beinahe aus wie die Felsen, die uns umgeben. Seine Haare sind von einem Silbergrau, wie die Gischt eines windumtosten Gewässers. Seine Augen aber sind das Seltsamste. Sie sind schwarz. Ich kann keine Pupillen erkennen. Einfach nur Tiefschwarz.

Der graue Elf hat seine Klingen weggesteckt und sich gelassen an einen Felsen gelehnt. Seine schwarzen Augen fixieren uns. Wir haben unsere Waffen wieder aufgelesen und stehen etwas unsicher vor ihm.

„Ihr solltet nicht hier sein", eröffnet er das Gespräch. Seine Stimme passt überhaupt nicht zu seinem Aussehen. Sie klingt samtweich und gütig, nicht wie die Stimme eines Kriegers, der mal eben drei Grenzwächter entwaffnet und vorgeführt hat. Mühelos, denn er ist nicht einmal außer Atem. „Diese Angelegenheit geht euch nichts an. Geht, oder dieses Gebirge wird euer Grab werden. Die Zwerge werden euch nicht schützen können."

„Wer bist du?" Delavar findet zuerst seine Sprache wieder.

„Ich? Ich bin Dathodar. Ich bin nicht gekommen, um euch zu töten, sondern um euch zu warnen. Kehrt um." Mit diesen Worten setzt er seine Kapuze wieder auf, dreht sich um und geht gelassen in das Gebirge hinein.

„Was bist du? Du bist ein Elf? Wieso und vor allem, wo sollen wir uns nicht einmischen? Was hast du damit zu tun?", ruft Milaileé ihm hinterher.

Er bleibt stehen und dreht sich noch einmal zu uns um. Ein sanftes Lachen, allerdings ohne jede Fröhlichkeit, klingt zu uns herüber. „So so, man hat uns also vergessen. Das haben wir uns schon so gedacht. Deswegen auch die Warnung."

„Klär uns auf, wir müssen doch keine Feinde sein!" Ich bin weiterhin irritiert.

Nun kommt er ein paar Schritte zurück. „Doch, mein junger Krieger. Wir sind Feinde, immer und ohne Ausnahme." Er wirft die Kapuze wieder zurück. „Ihr solltet mal eure Ältesten fragen, was es mit den Qorinsha Shrizardr auf sich hat. Sie werden uns als Schattenelfen kennen. Wenn wir uns das nächste Mal treffen, werdet ihr sterben, also verlasst das Gebirge." Mit diesen Worten dreht er sich um und verschwindet.

Wir stehen da und schauen uns ratlos an. „Was war das denn?" Milaileé ist genauso entgeistert wie Delavar und ich. „Was sind denn Schattenelfen? Diese Bezeichnung habe ich noch nie gehört."

Delavar zuckt mit den Schultern. „Ich habe absolut keine Ahnung. Elfen sind es. Das ist ja offensichtlich, aber von welchem Stamm oder Volk? Ich kann es nicht sagen." Ratlos schaut er uns an.

„Ich dachte, alle Elfen wären nach dem Krieg der Rassen gemeinsam in unsere neue Heimat gezogen. Wo kommt denn dieser Stamm her? Und wieso wissen wir nichts von ihm?"

Ich weiß genauso wenig wie die beiden. Auch wenn ich im Kernland, in der Nähe des Hohen Rates, aufgewachsen bin, so habe ich nicht gehört, dass dieser Name jemals gefallen ist. Weder die Bezeichnung Schattenelfen noch der Name Qorinsha Shrizardr. Ich hatte zwar auch andere Dinge im Kopf, aber das hätte ich mir bestimmt gemerkt.

„Er hätte uns mit Leichtigkeit töten können." Milaileés trockener Einwurf lässt mir einen Schauer über den Rücken fahren. „Und wir waren zu dritt. Gut, dass wir auf dem Rückweg sind. Spätestens nach dieser Begegnung hätten wir umdrehen müssen."

Ich sehe sie entrüstet an. „Du willst sofort klein beigeben, nur weil dieser Dathodar uns gedroht an?"

„Nicht alleine deswegen." Sie schaut mich an, als müsste sie einem Jungelfen erklären, wie man ein Feuer macht. „Aber mit etwas Glück steht in den Büchern der Zwerge etwas über diese Elfen. Wir können das Geschehene nicht einfach ignorieren."

Da hat sie wieder einmal recht. Ich komme mir dumm vor, etwas anderes gedacht zu haben. Nachdem wir uns gefasst haben, brechen wir zur Zwergenfeste auf. Wir benötigen drei Tage, bis wir die Feste wieder erreichen. Wir treffen weder auf Orks noch auf Th'sch Snotrin oder diesen geheimnisvollen Schattenelfen. Wir diskutieren einige Zeit über Dathodar. Bald drehen sich unsere Gespräche und Gedanken im Kreis und wir lassen das Thema fallen. Durch die Begegnung ernüchtert, trainieren wir am abendlichen Lager sehr intensiv miteinander.

Als die Feste nur noch einen halben Tag entfernt ist, vernehmen wir hinter einem Felsvorsprung Kampfgeräusche. Vorsichtig schauen wir um die Ecke. Wir sehen vier Zwerge in einen Kampf mit doppelt so vielen Orks verstrickt. Und die Zwerge haben keine Chance. Es handelt sich um jene vier jungen Zwerge, die uns damals in den Hallen von Dagan beleidigt haben. Sie sind den Orks in jeglicher Hinsicht unterlegen und bluten bereits aus vielen Wunden. Man kann die Verzweiflung in den kurzbärtigen Gesichtern erkennen.

Ohne länger zu überlegen, stürzen wir uns in den Kampf. Es gelingt uns, die Orks zu überraschen und die ersten beiden außer Gefecht zu setzen, bevor sie auf uns reagieren können. Der Kampf ist dann auch schnell vorbei. Die vier Zwerge greifen mit neuem Mut an und schnell sind die restlichen Gegner am Boden. Unsicher schauen uns die vier an.

Delavar tritt auf sie zu und streckt seine Hand aus. „Vergessen und verziehen?"

Die Zwerge zögern einen Augenblick, dann ergreifen sie einer nach dem anderen die Hand und auch Milaileé und ich gesellen uns dazu.

Ihre Wunden sind nicht schlimm und wir können den Weg zur Festung, in Begleitung der Jungzwerge, fortsetzen. Als wir vor dem Tor stehen, werden wir von der Wache schon erwartet. Etwas irritiert werden unsere Begleiter gemustert. Mit zerknirschtem Gesichtsausdruck stehen sie hinter uns. Delavar flüstert der Wache etwas zu und dieser nickt und scheint sich nicht mehr weiter für die vier zu interessieren.

Umgehend werden wir zu Dagan und Disur geführt.

Als wir sie erreichen, befinden sie sich gerade in einer hitzigen Diskussion. Da sie sofort abbrechen, als wir eintreten, kann ich nicht heraushören, um was es dabei geht.

„Ich freue mich, dass ihr wohlbehalten zurück seid", begrüßt uns Dagan.

Disur kommt zu uns und legt jedem von uns die Hand auf die linke Schulter. „Auch ich bin froh, euch gesund wiederzusehen." Prüfend mustert er uns. „Ich hoffe, der Rückweg war nicht zu anstrengend für euch und ihr konntet euch von euren Verletzungen erholen."

Wir bestätigen dies und wollen gerade von unserer Begegnung mit Dathodar erzählen, als Dagan uns unterbricht: „Trotzdem begebt ihr euch nun zu den Heilern und lasst euch untersuchen. Ich möchte nicht, dass ihr bleibende Schäden davontragt. Das würde kein gutes Licht auf unsere Gastfreundschaft werfen. Disur wird euch hinbringen." Mit diesen Worten verlässt Dagan den Raum, ohne uns zu Wort kommen zu lassen.

Wir stehen mit Disur alleine dort und schauen uns ratlos an.

„Kommt, es ist nicht weit und eure Wunden sollten von fachkundigen Augen untersucht werden, da hat der Hauptmann recht. Ich bringe euch zu den Heilern, anschließend werde ich euch verlassen, denn ich habe etwas Wichtiges zu erledigen. Am Abend werde ich euch abholen, denn dann trinken wir auf Modijar."

Während wir ihm durch die Zwergenstollen folgen, fragt Milaileé ihn nach den Qorinsha Shrizardr. Als sie diesen Namen erwähnt, bleibt er abrupt stehen und schaut uns ernst an.

„Ihr seid einem Schattenelfen begegnet und noch am Leben? Ich weiß, dass ihr kämpfen könnt, aber so gut? Meine Hochachtung."

Etwas verschnupft will ich gerade etwas erwidern, komme nicht dazu, denn Delavar unterbricht ihn, um das Treffen genau zu schildern, damit kein falscher Eindruck entsteht.

„Immerhin hat er euch am Leben gelassen."

Wir sind weitergegangen und haben inzwischen die Heiler erreicht. Dort verabschiedet er sich kurz und knapp von uns. „Das Auftauchen dieser Dämonen verändert alles." Er hält kurz inne. „Ich denke, wir werden erst morgen gemeinsam trinken können. Von hier findet ihr in eure Räume, es ist nicht mehr weit. Kümmert euch um eure Ausrüstung, denn ich glaube nicht, dass wir noch lange hier bleiben werden." Damit dreht er sich um und entfernt sich ohne ein weiteres Wort der Erklärung.

Milaileé schaut uns erstaunt an. „Unsere Fragen hat er jetzt aber nicht beantwortet oder habe ich etwas verpasst?"

Delavar schüttelt den Kopf. „Nein, hat er nicht und nun habe ich lediglich noch mehr Fragen."

„Die Zwerge scheinen diese Qorinsha Shrizardr oder Schattenelfen zu kennen und sehr ernst zu nehmen. Habt ihr Disur beobachtet, als ich den Namen genannt habe?" Milaileé stellt die Frage, während sie die Tür zur Krankenstation öffnet.

Delavar nickt. „Ja, in seinen Augen stand eindeutig Sorge geschrieben. Die Zwerge haben wohl schon Erfahrungen mit diesen Elfen gemacht."

„Er hat sie Dämonen genannt, also werden es keine guten gewesen sein", ist das einzige, was ich beisteuern kann.

Milaileé klingt hoffnungsvoll, als sie fortfährt. „Dann finden wir über die Schattenelfen sicherlich etwas in ihren Aufzeichnungen. Auch habe ich seine Erwähnung des Rates nicht vergessen. Kann es sein, dass unsere Ältesten Kenntnisse von diesem Stamm haben?"

Wir betreten einen Raum, in dem es würzig nach Kräutern duftet. Eine Zwergin nimmt uns in Empfang. Sie ist in einen schneeweißen Kittel gewandet und ihre Haare hat sie unter einer ebenfalls weißen Haube verborgen.

„Da sind ja unsere verwundeten Gäste. Dann setzt euch mal dort hin und lasst sehen." Sie nimmt mich bei der Hand und zieht mich auf eine Bank. Mit sanfter Gewalt drückt sie mich herunter. Dasselbe wiederholt sie bei Milaileé und Delavar.

Sie fängt bei mir mit ihrer Untersuchung an. Mein Gewand muss ich nicht ausziehen, denn an dem betreffenden Arm ist es ohnehin nicht mehr vorhanden. Da Milaileé meine Bewusstlosigkeit in der Höhle ausgenutzt hat, den Schnitt mit vielen kleinen Stichen zu nähen und wir unterwegs jeden Bach genutzt haben, unsere Wunden zu waschen, hat die Zwergenheilerin nicht viel zu tun. Sie streicht nickend über die Wunde, dann wendet sie sich Delavar zu. Seine Wunde war nicht so tief wie die an meinem Arm und ist ebenfalls von Milaileé versorgt worden. Zuletzt schaut sie sich die Stirnwunde bei ihr an.

„Ich weiß gar nicht, warum ihr hierher kommen solltet. Ich kann da gar nichts machen. Es ist doch alles schon vorbildlich behandelt worden." Sie schenkt Milaileé ein anerkennendes Lächeln. „Es kommt mir selten unter, dass ich Krieger kennenlerne, die sich genauso auf das Heilen von Wunden verstehen wie auf das Verursachen.

100

Ich bin sehr froh", fährt sie fort, „dass ihr Disur und seinen Trupp begleitet. Wie ihr sicherlich bemerkt habt, verhalten sie sich manchmal wie kleine Kinder, wenn es um das Kämpfen geht."

Sie gibt jedem von uns eine kleine Dose. „Diesen Balsam streicht ihr morgens und abends auf die Wunden, dann wird es keine Narben geben. Wann ihr die Fäden ziehen müsst, werdet ihr ja sicherlich selbst wissen."

Damit verschwindet sie in einem anderen Raum und lässt uns sitzen. Wir gehen davon aus, dass wir entlassen sind, und suchen unsere Räumlichkeiten auf.

„Milaileé, du begibst dich am besten auf die Suche nach Hinweisen auf die Schattenelfen. Du beherrschst die Sprache am besten von uns. Sil'ir und ich suchen derweil nach Nadel, Faden sowie Stoff. Ich habe keine Lust, hier halbnackt in den Zwergengängen herumzulungern."

Gesagt, getan. Wir lassen unsere Waffen und die übrige Ausrüstung zurück und begeben uns auf die Suche nach Kleidung. Nachdem Delavar und ich uns eine Weile durchgefragt haben, erreichen wir schließlich die Kleiderkammer. Ein Blick auf die dort zur Verfügung stehende Kleidung lässt uns zweifeln. Natürlich sind uns die Kleidungsstücke der Zwerge viel zu klein, doch dürfen wir uns etwas halbwegs Passendes aussuchen. Wir nehmen einige Bahnen Stoff mit und Garn und Nadel bekommen wir ebenfalls.

Mit unserer Beute begeben wir uns wieder in unsere Zimmer.

Als wir sie betreten, erwarten uns drei große Zuber, aus denen es verführerisch duftet. In dem rechten Zuber liegt Milaileé und genießt gerade das heiße Wasser.

Verschmitzt grinst sie uns an. „Wenn ihr glaubt, dass ich sofort in den Papieren wühle, wenn ich die Gelegenheit habe, mich erst einmal gründlich zu waschen, dann habt ihr euch geschnitten. So eilig ist es nun auch nicht."

Wir beeilen uns, die mitgebrachten Kleidungs- und Stoffstücke beiseite zu legen und aus unseren Lumpen zu steigen. Wohlig lassen wir uns in die Badezuber gleiten. Das Wasser ist angenehm warm und wir leisten uns den Luxus, eine Stunde in dem Wasser aufzuweichen. Anschließend waschen wir unsere kaputte Kleidung und ziehen uns die dünnen Leinenhemden an, die wir auf unseren Betten gefunden haben. Während Delavar und ich uns daran machen, unsere durchlöcherte Kleidung zu flicken, geht Milaileé auf die Suche nach Informationen über die Schattenelfen.

„Was hast du vorhin eigentlich dem Wachmann am Tor zugeflüstert? Er hat die Jungs danach ja vollkommen ignoriert." Mir fällt die Frage wieder ein, die ich ihm schon vorhin stellen wollte. Da er den Vorfall mit keiner Silbe erwähnt hat, wird es wohl mit dieser Heimlichtuerei zu tun haben.

Mit einem Grinsen schaut er mich an. „Naja, ich hatte den Eindruck, dass die vier gar nicht dort draußen hätten sein dürfen. Ich habe den Wachmann nur gebeten, den Vorfall für sich zu behalten, denn die vier hätten ihre Lektion schon gelernt." Er zuckt leicht mit den Schultern. „Außerdem dachte ich, es wäre gut, hier ein paar Verbündete zu haben. Ich hatte den Eindruck, dass sie uns nun nicht mehr ganz so ablehnend gegenüberstehen wie noch vor einigen Wochen."

102

Wir kommen mit unserer Näharbeit gut voran und als Milaileé nach einigen Stunden wiederkommt, haben wir das meiste ausgebessert.

Auf unser Nachfragen hin schüttelt sie den Kopf. „Es gibt hier keine Aufzeichnungen über diese Elfen. Die Zwerge schreiben alles auf. In welchem Jahr wie viele Ziegen geboren wurden und auch die Anzahl an Mehlsäcken, die eingelagert werden. Jede einzelne Unze Metall und Kohle ist aufgeschrieben. Bloß die Qorinsha Shrizardr werden mit keinem einzigen Wort erwähnt. Nicht einmal in den Berichten aus vergangenen Schlachten tauchen sie auf.

Ich habe Disur gefunden und er hat mir erzählt, dass diese Schattenelfen oder auch Qorinsha Shrizardr, wie sie sich selbst nennen, vor einigen Jahrhunderten hier aufgetaucht sind. Normalerweise halten die Elfen sich von den Zwergen fern. Wenn es aber zu Zwischenfällen gekommen ist, so führten sie ausnahmslos zu bewaffneten Auseinandersetzungen, in denen die Zwerge nur unter hohen Verlusten siegen konnten. Und auch das nicht immer.

Die Elfen leben angeblich im Norden, noch nördlicher als die Orks. Das Orkland, die Sryquar-Ebene, grenzt an das Gebirge mit dem Namen Clyug Peaks, welches das Zwergenreich im Norden begrenzt. Es besteht hauptsächlich aus Sumpf und Marschlandschaft. Im Osten gibt es einen Zugang zum Meer. Im Norden geht es in eine schneebedeckte Ebene über, an die sich ein unwirtliches, mit ewigem Schnee bedecktes Gebirge anschließt. Einen Namen haben die Zwerge dafür nicht. Sie nennen es Yxinth, die Schattenberge.

Dort sollen die Schattenelfen leben, denen sie denselben Namen gegeben haben. Kein Zwerg ist jemals in ihr Land eingedrungen, daher kann niemand viel über sie berichten. Nur dass sie unvergleichliche Kämpfer sind, darin sind sich alle einig."

Ich werfe meine Gedanken in den Raum: „Kann es sein, dass sich nach der großen Schlacht, oder vielleicht schon davor, ein Teil des Elfenvolkes von den anderen getrennt hat und – absichtlich oder nicht – einen anderen Weg eingeschlagen und sich eine andere Heimat gesucht hat?"

Delavar zuckt mit den Schultern. „Das ist sicher eine Möglichkeit. Doch erklärt es nicht, warum sie uns zu kennen scheinen, wir jedoch nicht nichts von ihrer Existenz wissen." Er schüttelt mit dem Kopf. „Da muss mehr dahinter stecken."

Schlauer sind wir durch Milaileés Nachforschungen nicht geworden. Wir legen uns zur Ruhe in der Hoffnung, dass die Antworten mit der Zeit kommen. Bis jetzt gibt es eher mehr neue Fragen. Ich versuche, mir die mit ewigem Schnee bedeckten Berghänge der Qorinsha Shrizardr vorzustellen und mit einem Frösteln schlafe ich ein.

Den folgenden Tag nutzen wir dazu, unsere Ausrüstung zu reparieren und zu ergänzen. Wir lassen es ruhig angehen, denn auch wenn die Salbe, die uns die Heilerin gegeben hat, Wunder zu wirken scheint, so sind wir noch immer ziemlich zerschlagen.

Am Abend holt Disur uns ab, denn die Feier zum Gedenken an Modijar beginnt bald und als Kampfgefährten sollen wir dabei sein. Als wir den Saal betreten, schlägt uns Lärm entgegen.

Hatten wir gedacht, dass die Feier in stillem Gedenken stattfindet, so haben wir uns gewaltig getäuscht. In dem großen Raum stehen lange Reihen von Tischen und Bänken. Die Tischplatten biegen sich unter dem Gewicht der Speisen und Getränke. Die Zwerge sind schon am Essen und Zechen. Die Atmosphäre kommt mir unpassend ausgelassen vor. Wir sind ratlos, wo wir uns hinbegeben sollen, also folgen wir Disur an einen Tisch am Kopfende des Saales.

„Die Kampfgefährten des Gefallenen sitzen zusammen am Kopf der Tafel", erklärt er uns. „Es wird erwartet, dass jeder etwas zu Modijar sagt, der mit ihm gekämpft hat. Es reicht ein kurzer Satz. Dann prostet ihr der Gemeinschaft zu."

Während er uns den Ablauf erklärt, nehmen wir unsere Plätze ein. Uns wird ein Krug von dem zwergischen Starkbier gereicht. Na, das kann ein interessanter Abend werden. Eine Weile sind die Zwerge mit essen und trinken beschäftigt und wir können die Szene in aller Ruhe beobachten. Wir haben schon mit den Zwergen zusammen gegessen, aber dies ist etwas anderes.

Dann steht Disur auf und räuspert sich einmal laut. Sofort verstummen die Gespräche und alle wenden sich ihm zu.

Seine Worte klingen laut und deutlich durch die große Halle. „Wir sind hier zusammengekommen, um einen der unseren zu ehren. Modijar, unser Waffenbruder, Kamerad, Sohn und Gatte, ist in die Hallen unserer Väter eingezogen. Er ist im Kampf gefallen, wie er es sich gewünscht hat. Bevor er aber starb, da stand er Seite an Seite mit uns und vertrieb das Gezücht der Orks aus unseren Bergen.

Nicht einen Schritt wich er trotz einer Übermacht zurück! Ich trinke auf Modijar, den Standhaften."

Damit trinkt er seinen Krug zur Neige aus und knallt ihn auf den Tisch. Alle anderen tun es ihm mit einem lauten „darauf trinken wir", nach. Nun setzen die Gespräche wieder ein und es werden Geschichten über den Zwerg erzählt.

Irgendwann nickt Disur mir zu. „Jetzt bist du dran."

Nervös stehe ich auf. Auch ich räuspere mich, aber es hat nicht dieselbe Wirkung wie vorhin bei Disur. Erst als er mir beispringt, kehrt wieder Ruhe ein. Ich soll etwas über den Zwerg erzählen, ich kannte ihn doch kaum. Ich atme einmal tief durch. Ich werde mich lieber kurzhalten.

„Ich kannte Modijar noch nicht lange. Ich habe in ihm einen treuen Kameraden gefunden und ihn als unerschrockenen Krieger kennengelernt." Ich schaue kurz in die Runde und mir kommt eine Idee. Die Zwerge gehen mit dem Tod sehr selbstverständlich um.

Er gehört zu ihnen wie das Leben. „Er wird mir als lieber und mutiger Kamerad in Erinnerung bleiben und ich denke, dass er in den Hallen eurer Väter seinen Spaß haben wird. Darauf trinke ich."

Ich bemühe mich, das starke Bier auf einen Zug auszutrinken, und knalle den Krug hin. Nach einem kurzen Augenblick tun es mir die Zwerge nach.

Ich ernte von Disur einen anerkennenden Blick. Anscheinend habe ich das Richtige gesagt. Schwummrig von dem Bier setze ich mich hin. So geht der Abend weiter. Nach und nach hält jeder aus unserer Truppe eine kleine Ansprache und ich habe irgendwann Mühe, den Teller vor mir genau zu erkennen. Zeitweise gibt es zwei von ihnen.

106

Da wir als Kameraden des Gefallenen bis zum Schluss bleiben müssen, tue ich in meiner Verzweiflung bald nur noch so, als würde ich das Bier trinken. Ich befürchte, ich werde morgen bereuen, nicht früher auf diesen Einfall gekommen zu sein.

Als ich am folgenden Tag irgendwann am späten Mittag erwache, ist mir, als würden zwanzig wütende Zwerge mit ihren Hämmern von innen an meinen Schädel schlagen. Ich bleibe noch einen Augenblick liegen, aber das Geklopfe in meinem Kopf geht ungehindert weiter. Als ich mich aufsetze, schwöre ich mir, niemals wieder auch nur einen Schluck Zwergenbier zu trinken. Ich muss meine ganze Konzentration aufwenden, um mich nicht zu übergeben.

Immerhin kann ich erkennen, dass es Milaileé und Delavar ähnlich ergeht.

Die Zwerge scheinen unseren Zustand zu erahnen, denn sie lassen sich an diesem Tag nicht blicken und lassen uns in unserem Leiden allein. Wir können uns in aller Ruhe in unserem Elend ergehen. Hunger hat keiner von uns. Wir verlassen unser Zimmer nur einmal, um uns Wasser zu besorgen. Den Rest des Tages verbringen wir in unseren Betten, die Decken über dem Kopf.

Am Abend hat das Hämmern nachgelassen und wir scheinen das gestrige Zechgelage doch zu überleben. Am darauffolgenden Morgen sind die Nachwehen der Gedenkfeier verklungen und wir nehmen unsere Gespräche über die Schattenelfen wieder auf.

Delavar spricht aus, was wir im Grunde alle drei wissen. „Einer von uns muss zurück, beim Hohen Rat von der Begegnung berichten und Erkundigungen in den Schriften einholen.

Wir müssen wissen, womit wir es hier zu tun haben. Es sind offensichtlich Elfen, doch sind sie uns feindlich gesinnt. Wenn dieser uns unbekannte Stamm mit den Orks und Goblins gemeinsame Sache macht, dann muss mehr dahinter stecken." Wir schauen uns lange an, dann fährt er fort: „Ich werde zum Hohen Rat gehen. Eure Aufgabe wird es sein, hier mehr über diese Schattenelfen herauszufinden."

Wir wollen ihm erst widersprechen, lassen es aber. Es ist vollkommen gleich, wer von uns geht, und da Delavar der Dienstälteste von uns ist, bleiben wir bei seiner Entscheidung. Wir suchen Dagan und Disur auf und erzählen ihnen von unserem Plan.

Dass Delavar uns verlassen wird und zurück ins Kernland geht, wird von Dagan begrüßt. „Wenn ihr in euren Schriften irgendeine Information über diese Dämonenelfen habt, dann ist es wichtig, diese zu besorgen. Ich werde dir einen Trupp von fünf Kriegern mitgeben, damit ..."

Delavar schüttelt den Kopf und unterbricht ihn. „Ich danke dir für das Angebot, aber ich werde alleine gehen. So bin ich schnell und kann alle Gefahren mühelos umgehen."

Dagan lässt nicht so schnell locker, gibt dann aber nach und akzeptiert Delavars Entscheidung.

Als er jedoch den Plan von Milaileé und mir hört, springt er auf. „Das geht nicht. Ich kann euch nicht zustimmen. Ich werde euch nicht in den sicheren Tod gehen lassen. Selbst wenn ihr eine ganze Armee dabei hättet, würdet ihr nicht einmal bis zu den Bergen kommen." Seine Stimme ist immer lauter geworden.

108

Milaileé versucht, ihn zu beruhigen. „Mit einer Armee können wir nichts anfangen. Wir wollen ungesehen in dieses Gebirge kommen, um mehr über die Qorinsha Shrizardr in Erfahrung zu bringen. Daher werden wir beide alleine gehen."

„Ihr geht in den Tod. Gegen diese Dämonenbrut habt ihr keine Chance, ihr seid ja wahnsinnig." Ächzend setzt er sich wieder auf seinen Stuhl.

Ich starte den Versuch einer Erklärung: „Dagan, wir können euch hier nicht mehr helfen. Die Bögen könnt ihr jetzt selbst herstellen.

Auch zum Üben braucht ihr uns nicht mehr. Wir würden hier in euren Hallen nur nutzlos unsere Zeit verbringen. Im Norden können wir aber eine sinnvolle Aufgabe erfüllen. Wir benötigen dringend Informationen und wir sind nicht sicher, ob Delavar in unseren Archiven fündig wird. Sollen wir warten, bis eine Armee aus Schattenelfen, Orks und Goblins vor unseren beiden Ländern steht?"

Dagan grummelt ein leises, „Nein, natürlich nicht", in seinen Bart. „Aber gefallen muss es mir ja trotzdem nicht, oder?"

Missmutig lehnt er sich mit verschränkten Armen zurück und schaut uns wütend an.

Disur hört nur schweigend zu, scheint aber unser Vorhaben sinnvoll zu finden, denn er nickt uns sachte zu. Damit ist alles gesagt.

Delavar bricht am folgenden Tag mit leichtem Gepäck auf. Wir verabschieden ihn und machen uns dann an unsere eigenen Vorbereitungen.

In den nächsten Tagen planen wir gemeinsam mit Dagan und Disur unsere Reise durch das Zwergenreich und studieren auch die wenigen Karten, die die Zwerge besitzen, ausgiebig. Im Zwergenreich werden wir uns gefahrlos bewegen können. Es ist zwar nicht ausgeschlossen, dass es weitere Gruppen von Orks und Elfen hineingeschafft haben, aber diese werden wir, wenn wir vorsichtig sind, umgehen können.

Was nach der Grenze kommt, können die Zwerge uns nicht genau sagen. Gelegentlich dringen zwar kleine Kriegstrupps in die Sumpflande der Orks ein, allerdings niemals weit. Die Berge kann man von der Grenze in der Ferne sehen, doch weiß keiner genau, wie viele Tagesmärsche sie tatsächlich entfernt sind. Ebenso kann keiner sagen, wo die Orks ihre Siedlungen haben und wie man sie am besten umgehen kann. Dies müssen wir vor Ort auskundschaften.

Dagans wiederholte Bitte, uns doch ein paar Krieger mitgeben zu dürfen, schlagen wir jedes Mal aus. Irgendwann gibt er es auf und findet sich damit ab, dass wir nur zu zweit losgehen.

Das Gebirge der Zwerge werden wir hauptsächlich in den unterirdischen Stollen durchqueren, die das gesamte Bergmassiv durchziehen. Dagan hat uns eine Höhle gezeigt, in der ein Stollen beginnt, der nach Norden führt und uns dicht an die Grenze des Orklandes heranbringen soll. Eine aus dem Gedächtnis gezeichnete Karte, in der er einige Abzweigungen markiert hat, gibt er uns mit. Mit unserer Ausrüstung beladen, machen wir uns zwei Tage später auf den Weg zu dieser Höhle. Als wir sie erreichen, erwarten uns dort zwei Zwerge mit gepacktem Rucksack.

Nubnus und Nubgar sitzen auf ihren Rucksäcken und sehen uns mit vor der Brust verschränkten Armen an. „Ihr zwei glaubt doch nicht ernsthaft, dass wir euch alleine ziehen lassen." Nubnus steht auf und schultert sein Gepäck.

Nubgar tut es ihm gleich und grinst uns breit an: „Ihr Waldeulen verlauft euch gleich nach der zweiten Abzweigung. Außerdem gönnen wir euch nicht, dass ihr dieses Abenteuer alleine erlebt. Wir kommen mit und das könnt ihr nicht ändern." Breitbeinig und mit in die Hüften gestemmten Händen schaut uns Nubgar an. Seine Stimme klingt fröhlich, aber bestimmt.

Ich sehe zu Milaileé hinüber, sie schüttelt mit dem Kopf und erwidert: „Ich gebe auf. Wir konnten Dagan schon kaum überzeugen, dass es besser ist, wenn wir zwei alleine gehen. Bei euch beiden sehe ich erst recht keine Chance. Daher werde ich mir den Atem sparen. Seid willkommen, dann reisen wir zu viert."

„Wohl gesprochen. Mein Bruder und ich", Nubnus zeigt auf Nubgar und sich selbst, „begleiten euch durch die Stollen. Außerdem benötigt ihr bei den Orks und den Schattenelfen mit Sicherheit die eine oder andere zusätzliche Axt."

Ich habe geahnt, dass die beiden verwandt sind. Nicht nur der Namen wegen. Sie haben dieselben fuchsroten Haare. Auch der Bart hat die gleiche, braunrote Farbe.

Die eisblauen Augen sind ebenfalls beinahe identisch und ich denke, dass es sich sogar um Zwillinge handelt. Ich nehme mir vor, sie das beizeiten zu fragen.

„Dann lasst uns aufbrechen." Ich bin froh, dass wir jemanden dabei haben, der sich in den Stollen auskennt. Mit der Karte alleine wären wir bestimmt mehr als einmal falsch abgebogen und hätten deutlich länger für den Weg benötigt.

So beginnen wir unsere unterirdische Reise. Schon nach wenigen Metern lässt die Helligkeit der Höhle nach und die beiden Zwerge entzünden ihre Öllaternen. Im Schatten der schwankenden Lampen können wir die behauenen Wände des Ganges erkennen. Anders als die Wände innerhalb der Feste sind diese hier nur grob bearbeitet und besitzen keine Verzierungen. Immer mal wieder führt ein Gang links oder rechts von unserem Weg ab. Dort sind Zeichen in die Wände gehauen.

Auf meine Nachfrage erklärt mir Nubgar: „Das sind die Zugangsstollen zu unseren Minen. Dieses Gebirge ist reich an Eisen, Gold und anderen Metallen. Wir werden noch an vielen Abzweigungen vorbeikommen."

„Wieso ist dieser Hauptgang dann unbeleuchtet? Man hört auch gar nichts. Müsste man nicht wenigstens ein paar Geräusche hören können?" Neugierig schaue ich in einen dieser Gänge hinein.

„Du hast recht. Es wird momentan nicht in den Minen gearbeitet."

Ich schaue ihn erstaunt an. „Wieso nicht, sind sie schon erschöpft?"

Nubgar schüttelt den Kopf. „Nein, das nicht. Wir haben noch für viele Jahrhunderte genügend Arbeit hier in den Minen. Wir befinden uns allerdings in einer Krisensituation. Die Gefahr, die von den Orks und den Dämonenelfen ausgeht, ist nicht zu unterschätzen.

Wir benötigen unsere Krieger, um die Verteidigung vorzubereiten, und nicht, um nach Metallen zu graben."

Nubnus ergänzt seinen Bruder. „Wir sind heutzutage nur noch wenige, daher sind die Minen nicht besetzt."

Nun mischt sich Milaileé in das Gespräch ein. „Benötigt ihr denn das Eisen nicht, um Waffen und Rüstungen herzustellen?"

„Doch, natürlich, aber wir haben ausreichend Materialvorräte, um die nächsten fünfzig Jahre rund um die Uhr schmieden zu können. Und seid versichert, die Schmieden sind besetzt." Hörbarer Stolz klingt aus seinen Worten. „Utysus würde es uns ganz schön übel nehmen, wenn unsere Schmieden kalt bleiben würden."

Wir belassen es dabei und folgen weiter dem Hauptstollen. Ich kann es nicht mit Gewissheit sagen, aber ich glaube, dass er momentan ein wenig abfällt und weiter in die Tiefe führt.

Auch verläuft er nicht geradeaus, sondern in vielen Kurven. So vergeht die Zeit, bis die Zwerge anhalten und uns mitteilen, dass nun Mittagessen angesagt sei. Ich bin immer wieder erstaunt, wie die Zwerge hier im Berg die Tageszeit so genau bestimmen können. Auch wir haben gegen eine Pause nichts einzuwenden, denn mein Magen knurrt hörbar.

Nubnus erklärt uns, dass wir an dieser Stelle kein Feuer machen können, weil der Rauch hier nicht abziehen kann. Gegen Abend sollen wir eine Höhle erreichen, in der es eine Feuerstelle und Brennmaterial gibt.

Da uns nicht kalt ist und wir ohnehin nur Trockenfleisch, Käse und Brot dabeihaben, vermisse ich kein Feuer.

Wieso mitten in einem Stollen eine Höhle mit Brennvorräten angelegt wurde, interessiert mich allerdings schon und ich frage die beiden Brüder nach dem Sinn einer solchen Einrichtung.

„In der Vergangenheit wurde das Stollensystem viel für Reisen zwischen den einzelnen Städten benutzt. In regelmäßigen Abständen gibt es diese kleinen Höhlen, damit sich die Reisenden ein bequemes Lager einrichten können. Ein Feuer, um uns zu wärmen tut uns allen gut.. Wir sind hier so tief, dass eine gleichmäßige Temperatur herrscht, egal zu welcher Tages- oder Jahreszeit. Leider sind diese nicht allzu hoch. Und wir sind jetzt noch in der Nähe der Feste. Wenn wir allerdings weitergehen, kommen wir in die Wildnis. Viele Stollen hier sind von uns bearbeitet worden, aber nicht alle. Einige von ihnen sind natürlichen Ursprungs. Wenn wir in diese Höhlen und Gänge kommen, gibt es dort auch allerlei Getier. Etliches davon kann man jagen und es schmeckt vorzüglich. Wie wollt ihr eure Mahlzeit zubereiten, wenn ihr kein Feuer habt?"

Ich gebe mich mit dieser Erklärung zufrieden und wir essen ohne weitere Worte zu Ende. Anschließend brechen wir wieder auf und marschieren schnellen Schrittes weiter. Irgendwann erreichen wir das Ende des bearbeiteten Stollens.

Nubnus liest vor, was auf einer großen Steintafel dort steht: „Wir haben das Ende der Feste erreicht und befinden uns nun in der unterirdischen Wildnis. Eine Empfehlung sagt, dass man ab hier nur noch bewaffnet weitergehen sollte. Es sind vermehrt Steinratten gesehen worden." Nubnus wirkt besorgt.

„Das ist nicht gut. Dann müssen wir ab hier sehr achtsam sein und in der Nacht eine Wache aufstellen."

„Was ist an Ratten denn so schlimm? Ja, es sind keine netten Gesellschafter, jedoch auch nicht gefährlich." Ich kann die Besorgnis der Zwerge nicht recht verstehen.

Nubnus schüttelt den Kopf und klärt mich auf. „Das mag bei den Ratten an der Oberfläche so sein. Die Steinratten hier unten sind etwas komplett anderes. Sie sind viel größer, reichen euch etwa bis zum Knie, sind im Rudel von zehn bis dreißig Tieren unterwegs und jagen aktiv. Also sollte man die Waffen bereithalten."

Das kann ja heiter werden. Die Reise verspricht, interessant zu werden, wenn die Gefahren schon hier, im Zwergenreich, beginnen und sich sogar die Zwerge in Acht nehmen.

Nubnus und Nubgar übernehmen wieder die Führung und wir folgen ihnen tiefer in die unterirdische Wildnis. Nach einigen Minuten erweitert sich der Gang zu einer riesigen Höhle. Die Decke ist im Schein der Lampen nicht zu erkennen. Auch die gegenüberliegende Seite verliert sich in der Dunkelheit.

Die Zwerge kennen den Weg genau und marschieren ohne zu zögern voran. Immer wieder tauchen seltsame Steinformationen vor uns auf. Große Felsen, die wie gigantische Stühle aussehen. Komplett flach und eben. Andere sehen aus wie sich nach oben verjüngende Zylinder.

Noch bevor wir die Frage stellen können, beginnt Nubgar mit einer Erklärung. „Das sind sogenannte Stalagmiten. Es sind die Gegenstücke zu den Stalaktiten. Der Felsen ‚wächst‘ durch Feuchtigkeit nach unten. Tropfen für Tropfen entstehen diese Gebilde.

Die Stalaktiten könnt ihr zwar nicht sehen, dafür sind sie zu hoch, aber jeder dieser Tropfsteine hat an der Höhlendecke sein Gegenstück. Diese Tropfsteine bilden sich im Laufe von Jahrhunderten und diese hier sind schon einige tausend Jahre alt."

Mir ist nicht wohl bei dem Gedanken, dass Hunderte von Steinspeeren auf meinen Kopf zielen, und ich werfe misstrauische Blicke nach oben.

Zufrieden schaut Nubnus uns an. „Da wir die Tropfsteine erreicht haben, sind wir in zwei Stunden am Rastplatz. Nubgar wird euch dorthin führen. Ich werde uns etwas Frisches für das Abendessen suchen."

Mit diesen Worten reicht Nubnus seine Lampe an mich und verschwindet in der Dunkelheit. Bald erreichen wir einen von einer natürlichen Felsmauer umgebenen Platz. In der Mitte befinden sich eine Feuerstelle und ein Stapel mit Brennholz und noch einem anderen Material, wovon ich befürchte, dass es sich um getrockneten Dung handelt.

„Naja, Holz ist hier unten nun mal nicht so leicht zu bekommen. Der Dung der Stollenschweine brennt beinahe genauso gut. Und er stinkt wirklich nicht." Nubgar tut meine Nachfrage nach diesen Tieren mit einem Schulterzucken ab. „Wenn wir Glück haben, dann kann mein Bruder eines dieser Tiere erlegen. Das Fleisch ist sehr schmackhaft und lässt sich auch gut als Vorrat trocknen."

Ich schaue mir den Lagerplatz genauer an. Er besitzt am Rand an der Mauer mehrere mit Stroh gefüllte Nischen. Sie sehen sogar einigermaßen bequem aus. Mit solchen Plätzen hätte ich hier unten wirklich nicht gerechnet.

Als ich genug gesehen habe, hat der Zwerg schon ein kleines, munteres Feuer entfacht. Der Rauch zieht schnurgerade nach oben zur Höhlendecke ab. Dort muss es eine Art natürlichen Schornstein geben.

Alles, was bei uns an der Oberfläche vollkommen selbstverständlich ist, muss hier unten sorgfältig geplant werden. Ich freue mich schon darauf, wieder ans Tageslicht zu kommen.

„Wer sorgt für den Nachschub an Brennmaterial?" Milaileé spricht aus, was mir durch den Kopf geht.

„Jeder, der hier rastet, füllt auf. Wenn jeder frischen Dung oder frisches Holz hier lagert, während er vom getrockneten Vorrat nimmt, ist immer genügend Brennmaterial da, sodass man sich eine Mahlzeit kochen kann."

Der Zwerg nickt bestätigend. „Genau so ist es. Jeder, der hier vorbeikommt, füllt den Vorrat auf."

Kurz darauf kommt Nubnus von seinem Streifzug zurück. Er hatte kein Glück und wir werden das Stollenschwein heute nicht kennenlernen. Dafür hat er einige Pilze bei sich, bei deren Anblick Nubgar entzückt aufblickt. Er kramt eine kleine Pfanne aus seinem Rucksack und kümmert sich um die Zubereitung unseres Abendessens. Überraschenderweise schmecken die Pilze sehr gut. Sie haben festes Fleisch und Nubgar hat sie knusprig gebraten, eine Zwiebel aus unseren Vorräten rundet die Mahlzeit ab.

Nachdem wir eine Weile satt und zufrieden um das Feuer gesessen haben, steht Nubnus auf. „Ich werde die Umgebung nach Spuren der Steinratten absuchen. Möchte mich einer von euch begleiten?"

Milaileé und ich schauen uns kurz an. Ich melde mich freiwillig und folge dem Zwerg in die Dunkelheit. Er hat seine Laterne mitgenommen, aber eine Klappe vor die Öffnung geschoben, sodass nur ein sehr kleiner, schmaler Lichtstrahl unseren Weg erleuchtet. Ich kann durch meine Nachtsichtfähigkeit normalerweise auch in der Dunkelheit relativ gut sehen, doch reicht in der Finsternis der Berge auch der Schein der Laterne dafür kaum aus.

„Wie könnt ihr in dieser Dunkelheit euren Weg finden?"

„Wir sehen nicht nur durch unsere Augen. Wir spüren den Fels. Durch unser Auftreten auf den Boden können wir in den meisten Fällen die Entfernung bis zur nächsten Wand spüren. Auch wenn der Fels in euren Augen massiv ist, so können wir die verschiedenen Formationen anhand von Vibrationen erkennen. Ihr würdet es wohl Echo nennen. Auch fühle ich den Stein. Wenn ich einen in den Händen halte, so kann ich alleine dadurch erkennen, um was für einen Stein es sich handelt. So wie ihr euch in euren Wäldern anhand des Lichtes zurechtfindet, so orientieren wir uns anhand dessen, was das Gestein uns für Rückmeldungen gibt."

Ich habe zwar nichts verstanden, gebe mich aber mit dieser Erklärung erst einmal zufrieden.

Nach einiger Zeit ergreift der Zwerg wieder das Wort. „Ich kann nichts entdecken. Keine Losung, keine Spuren, ich denke, wir sind heute Nacht sicher. Lass uns zurückgehen."

Ich habe nichts dagegen und so kehren wir um. Wir gehen früh schlafen und die Zwerge teilen die Wache unter sich auf, da wir beide nicht wissen, worauf wir achten müssten.

118

Die Strohlager sind ungewohnt bequem und als Milaileé sich an mich kuschelt, falle ich schnell in einen traumlosen Schlaf.

Als wir am nächsten Morgen aufwachen, bereiten die Zwerge schon aus den Resten von gestern das Frühstück. Wir packen rasch unsere Sachen zusammen und brechen nach einem schnellen Mahl auf. Nach einigen Stunden erreichen wir das andere Ende der Höhle.

Die Zwerge gehen die Höhlenwand auf und ab. Im Lampenschein können wir mehrere Gänge erkennen, die von hier weiterführen. Nubnus zählt die Gänge ab und den vierten betritt er selbstsicher. „Hier müssen wir rein, das ist der richtige.“

Wir fragen nicht nach, woher er das weiß. Wir sind vollkommen auf den Richtungssinn der Zwerge angewiesen und müssen zugeben, dass wir hier unten vollkommen verloren gewesen wären, wenn wir alleine losgegangen wären. Der gewählte Gang verzweigt sich immer wieder. Wir durchqueren weitere Höhlen, wenn diese auch erheblich kleiner sind als die riesige, in der wir gerastet haben.

„Das ist wie ein Labyrinth hier. Die Stollen und Gänge verzweigen sich viele Male und stoßen dann wieder aufeinander. Wenn ihr falsch abbiegt, dann lauft ihr für Ewigkeiten im Kreis herum.“

„Ich finde es ganz schön einsam hier unten. Man findet nicht das kleinste Anzeichen von Leben.“ Milaileé klingt leicht deprimiert.

Nubgar schüttelt den Kopf. „Nur weil wir hier mit Licht herumtrampeln. Wenn wir das Licht löschen und uns ruhig verhalten, dann strotzen diese Gänge vor Leben.

Die Stollenschweine sind scheue Wesen, die in kleinen Herden durch die Gänge streifen. Sobald sie verdächtige Geräusche hören, sind sie weg. Es gibt aber noch viele andere Tiere, ganz zu schweigen von Käfern und Spinnen. Außer mit den Steinratten sollten wir aber keine Schwierigkeiten bekommen.

Die anderen Raubtiere sind Einzelgänger und haben Zwerge und sicher auch Elfen nicht auf ihrer Beuteliste. Wir sollten also froh sein, dass wir die Gänge für uns alleine haben." Mit diesen Worten dreht der Zwerg sich wieder nach vorne und marschiert weiter.

Ratten

Nachdem wir ein paar Stunden weiter gewandert sind, bleiben die Zwerge plötzlich stehen.

„Damit ist unser Glück wohl beendet." Nubnus kniet auf dem Boden und untersucht die Spuren, die er dort auf dem Felsen sieht. Nach einigen Augenblicken dreht er sich zu uns um. „Vor uns ist ein Rudel Steinratten und hat uns mit einiger Sicherheit schon gewittert."

Nubgar flucht leise in seinen Bart. „Lasst uns ein Stück zurückgehen. Der Gang ist zu eng, wir können uns hier nicht vernünftig bewegen."

Wir ziehen uns einige Meter zurück und biegen in einen Gang ab, der uns in eine kleine Höhle führt. Dort stellen die beiden die Lampen so ab, dass der Bereich direkt vor uns ausreichend beleuchtet wird, und wir stellen uns im Halbkreis auf. Soweit das zu viert möglich ist.

„Sie werden versuchen, euch zu Fall zu bringen, also passt auf eure Füße auf. Dazu werden sie euch anspringen."

„Was glaubst du, wie viele sind es?" Milaileé starrt angestrengt in die Dunkelheit vor uns.

„Kann ich nicht genau sagen. Die Rudel sind in der Regel mindestens zehn Tiere groß. Meistens sind es mehr. Passt auf, dass sie euch nicht beißen. Die Krallen sind nicht so schlimm, aber die Bisse können Krankheiten übertragen und entzünden sich auch leicht."

Wir warten im Schatten hinter den Laternen und irgendwann höre ich das Tapsen zahlreicher Füße.

Die Krallen erzeugen ein leises Scharren auf dem felsigen Untergrund. Es ist unheimlich, sie hören, jedoch nicht sehen zu können.

Ich schließe die Augen und versuche, mich auf die Geräusche zu konzentrieren. Es fällt mir schwerer als auf der Oberfläche, die Richtung zu bestimmen. Die Wände der Stollen reflektieren die Geräusche und ich kann sie nicht orten.

Nubgar unterbricht meine Konzentration: „Vorsicht, ich werde jetzt die Klappen von den Lampen ganz entfernen. Bedeckt eure Augen, gleich wird es hell."

Da ich meine Augen schon geschlossen habe, sehe ich nur durch die Lider, dass es in der Tat sehr hell wird. Als ich die Augen öffne, strahlen die Lampen ein helles Licht aus, welches die gesamte Höhle vor uns erleuchtet. Nun kann ich die Ratten auch sehen. Sie haben sich in der Höhle verteilt und uns umzingelt. Ein Schauer durchläuft mich von Kopf bis Fuß. Es sind fünfzehn Viecher, die uns hungrig anschauen. Sie sehen tatsächlich wie die Ratten bei uns an der Oberfläche aus. Nur deutlich größer. Sie haben zottiges, graues Fell, ihre Augen leuchten im Lichtschein bernsteingelb und die Zähne, die sie uns zeigen, sind messerscharf und spitz.

Wie auf einen Befehl setzen sich alle Ratten gleichzeitig in Bewegung. Die erste, die mich anspringt, kann ich mit einem seitlichen Hieb aus der Luft fischen, da ist auch schon die zweite heran. Auch diese kann ich noch mühelos abwehren, dann wird es etwas schwieriger. Die Ratten sind heran und ich muss die abwehren, die mich anspringen, gleichzeitig aber auch auf meine Beine achten, denn dort greifen mich ebenfalls mehrere der Viecher aus allen Richtungen an. Ich versuche, in Bewegung zu bleiben, ohne meinen Gefährten in die Quere zu kommen.

Der Kampf ist schnell zu Ende, denn unseren Klingen haben die Tiere nichts entgegenzusetzen. Als noch fünf Steinratten übrig sind, stürmen sie aus der Höhle und suchen das Weite. Eine kurze Untersuchung zeigt, dass keiner von uns einen Kratzer abbekommen hat.

„Wir sollten schnellstmöglich verschwinden. Hier beginnt bald das große Fressen." Nubnus und Nubgar nehmen die Laternen auf, lassen die Klappen, die das Licht mindern, diesmal beiseite.

„Glaubst du, die fünf Überlebenden kehren zurück?" Ich kann mir nicht so recht vorstellen, dass sie sich so schnell von uns erholen.

„Nein, die nicht, aber wir haben für die übrigen Stollenbewohner ein Festmahl hinterlassen. Von den Kadavern wird in wenigen Stunden nichts mehr übrig sein."

Mit schnellen Schritten führen uns die Zwerge den Gang entlang, den wir schon vorhin nehmen wollten. Das Licht erhellt den Gang nun einige Meter weit und ich meine, am Rand des Lichtscheins immer wieder einen Schatten weg huschen zu sehen.

So gehen wir noch einige Stunden weiter, in denen die Stollen wieder so leer sind wie zu Beginn unseres Marsches. Nach einiger Zeit kommen wir an eine Höhle, die wie unser letzter Lagerplatz mit einer Feuerstelle, Brennmaterial und einigen Schlafplätzen ausgestattet ist.

„Mein Bruder und ich schauen uns um, ihr zwei bereitet inzwischen das Lager", spricht Nubnus und verschwindet mit Nubgar in den Stollen.

Eine Lampe lassen sie uns zurück und wir versuchen, das Lager einigermaßen behaglich einzurichten.

Als die beiden Zwerge nach einer Stunde wiederkommen, brennt ein kleines Feuer.

„Wir konnten keine frischen Spuren entdecken und ich denke, wir sind heute Nacht in Sicherheit."

„Dann bin ich ja beruhigt." Milaileé unterdrückt ein Schaudern. „Ich finde Ratten allgemein schon nicht gerade erbaulich. Diese hier aber, die müssen nun wirklich nicht sein."

Nubnus lacht amüsiert. „Ich gebe dir recht. Warte aber lieber ab, bis wir das Sumpfland der Orks erreichen. Die Biester dort lassen die Steinratten wie Kuscheltiere aussehen. Dann wirst du dir die Ratten zurückwünschen."

Breit grinsen die Zwerge uns an.

„Was glaubt ihr, wie lange benötigen wir noch, bis wir den Sumpf erreichen?" Ich gestehe es ungern, doch mir reicht es, nur noch unter der Erde unterwegs zu sein. Mir ist es egal, wo wir wandern. Im Sumpf, in der Wüste. Hauptsache ich kann wieder die Sonne sehen, den Wind spüren und vor allem: etwas weiter sehen als immer nur die nächsten fünf Meter.

„Wir werden noch weitere zwei Tage in den Gängen unterwegs sein, bevor wir wieder an die Oberfläche kommen. Von dort aus dann noch vielleicht einen Tag, bis wir die Grenze erreichen."

Noch zwei Tage, das werde ich überleben. Ich kann Milaileé ansehen, dass sie ähnliche Gedanken hegt. Aneinander gelehnt genießen wir die Pause und hören den Zwergen zu.

„Wir haben die Spuren einer Herde Stollenschweine gefunden. Sie führen in dieselbe Richtung, in die wir morgen müssen. Wir sollten etwas Zeit investieren, unsere Vorräte zu ergänzen."

Nubnus schaut versonnen in das Feuer. „Ich bin nicht sicher, ob wir im Sumpfland der Orks geeignetes Jagdwild finden werden. Wasser zu finden, wird uns dafür keine Schwierigkeiten bereiten."

Für heute wollen wir es aber gut sein lassen und uns ausruhen. Wir zehren von unserem Proviant an Trockenfleisch und Käse und legen uns zur Ruhe. Am nächsten Tag folgen wir der Fährte der Stollenschweine. Ich bin gespannt, wie sie aussehen. Die Zwerge schauen mich bei meiner Nachfrage irritiert an.

„Na, wie Schweine eben", ist ihre lakonische Antwort.

Damit bin ich auch nicht schlauer. Die Steinratten sehen zwar auch aus wie Ratten, jedoch stimmen die Maße mit dem Erwarteten in keinster Weise überein. Ich dachte, dass Tiere, die unterirdisch leben, kleiner ausfallen als ihre Artgenossen an der Oberfläche. Nach der Begegnung mit den Ratten habe ich mich entschieden, es hier unten in den Tiefen nicht als selbstverständlich anzunehmen, dass ein Schwein auch wie ein Schwein aussieht. Eine nützlichere Information der Zwerge wäre mir daher willkommen gewesen.

Nach kurzer Zeit erreichen wir eine große Höhle mit einem See in der Mitte. Hier wachsen Pilze und Moose an den Felswänden. Am Ufer des Sees können wir die Herde der Stollenschweine sehen. Es handelt sich um bis zu dreißig Tiere, die entspannt am See trinken oder das Moos von den Felsen zupfen. Die Zwerge haben recht. Sie sehen tatsächlich so aus wie die Schweine bei uns im heimischen Wald. Das Fell ist grau, wie alles hier unten. Leise dringen die Geräusche der Tiere zu uns herüber. Auch das Grunzen, das wir hören, erinnert mich an die Tiere an der Oberfläche.

„Ihr bleibt hier und überlasst das uns", flüstert Nubgar uns zu. „Sollten die Tiere in eure Richtung fliehen, dann könnt ihr einigen Lärm veranstalten. Am besten ihr wedelt auch mit den Armen. Das wird sie von euch wegtreiben und wir haben es dann leichter mit ihnen."

Die beiden Brüder teilen sich auf. Nubnus schleicht sich an der linken Seite des Sees an die Herde heran, Nubnus nimmt die rechte. Dann sehen und hören wir nichts mehr von den beiden. Wir beobachten die Herde gespannt, aber eine Zeitlang passiert gar nichts. Wir werden langsam unruhig. So groß ist diese Höhle nicht, was kann da so lange dauern? Dann bemerken wir, dass die Herde unruhig wird. Einzelne Tiere halten den Kopf in die Luft und schnüffeln besorgt. Dann können wir eine Bewegung inmitten der Tiere erkennen.

Ich glaube, dass mir meine Augen einen Streich spielen, aber ganz eindeutig kann ich Nubnus erkennen, der auf einem der Schweine sitzt und vor Freude juchzt. Kurz darauf gesellt sich Nubgar auf einem weiteren Schwein dazu. Ich glaube nicht, was ich da sehe, und Milaileé schüttelt ebenfalls ungläubig den Kopf. Die Herde ist inzwischen in Panik und flieht aus der Höhle. Sie kommen nicht in unsere Richtung und wir hätten auch gar nichts tun können, so perplex, wie wir sind. Die Schweine rennen in einen von fünf Gängen, die von dieser Höhle abgehen. Übrig bleiben die zwei erlegten Schweine, die den Zwergen kurzzeitig als Reittiere gedient haben. Wir gesellen uns zu den beiden.

„Ihr hatten ja eure helle Freude dabei." Milaileé ist immer noch am Lachen.

„Stollenschweine zu jagen ist nun einmal eine spaßige Angelegenheit", auch Nubnus lacht laut und sein Bruder fällt mit ein.

Die beiden grinsen wie zwei Kinder, die einen Topf mit Honigtau entdeckt haben. „Wir haben nun genug Fleisch, um das Sumpfland zu durchqueren. Lasst uns die Tiere nicht hier verarbeiten. Wir gehen zurück zu unserem Lagerplatz und trocknen und räuchern das Fleisch dort."

So schleppen wir die beiden Schweine zurück zu unserem Nachtlager und bereiten uns daraus die Vorräte für die nächsten Tage vor. Toll, noch ein Tag länger unter der Erde. Heute gehen wir nicht weiter, denn wir benötigen den gesamten Tag, um die Tiere zu verarbeiten. Einen Teil davon essen wir gleich und ich muss sagen, die Zwerge haben recht. Das Fleisch der Stollenschweine schmeckt wirklich sehr gut. Wir haben auch ein paar der Pilze vom See mitgenommen und trocknen diese ebenfalls am Feuer. So haben wir in den kommenden Tagen etwas Abwechslung.

Kobolde

Nach den versprochenen zwei Tagen – mir kommt es so vor, als wären wir wochenlang unterwegs gewesen – nähern wir uns dem Ausgang des Höhlensystems.

„Gleich haben wir den Ausgang erreicht." Nubgar zeigt mit seiner Laterne in die Dunkelheit vor uns.

„Das wird auch Zeit, wenn ich ehrlich sein soll." Ich atme erleichtert auf. „Ich bin ja sehr gerne in euren Hallen, doch ich vermisse den freien Himmel."

Nubnus lacht laut auf. „Keine Sorge, gleich erreichen wir …" Er bricht unvermittelt ab.

Wir bleiben ebenfalls stehen.

„Das ist jetzt aber ärgerlich." Die beiden Zwerge sprechen gleichzeitig und unser Blick fällt auf die Wand aus Schutt und Felsen vor uns. Fassungslos starren Milaileé und ich auf die Steine.

„Es muss hier einen Erdrutsch gegeben haben. Da kommen wir nicht durch." Beide schütteln den Kopf. „Jedenfalls nicht ohne entsprechendes Werkzeug."

„Ihr wollt sagen, dass wir am Ausgang stehen. Uns trennt eine meterdicke Schutthalde von der Außenwelt und wir können nichts tun?" Milaileés Frage klingt eher wie eine Feststellung.

Die Brüder treten mürrisch ein paar kleine Steine weg und nicken bestätigend. „Ja, das wollen wir sagen."

Ich schaue die Zwerge ungläubig an. „Es muss doch noch einen anderen Weg geben. Ihr habt doch sicherlich nicht nur diesen einen."

Die beide schauen sich an. Nach einigen Momenten ringen sie sich zu einer Antwort durch: „Doch, den gibt es schon." Wieder Stille.

„Bei der großen Mutter Qynera, raus damit, wo führt er lang, wie lange müssen wir noch in den Stollen herumwandern?" Ich fasse es nicht und kann meine Enttäuschung nur schlecht verbergen.

Wir stehen nur wenige Meter von dem Ausgang entfernt und genauso gut könnte er Hunderte von Kilometern entfernt sein. Die Mission beginnt nicht gerade gut. Die Zwerge setzen sich und bedeuten uns, es ihnen gleichzutun.

„Es gibt einen Weg, der ein klein wenig weiter im Westen nach draußen führt. Dafür benötigen wir nur zwei Tage. Jedoch haben wir dort ein Problem." Nubnus starrt lange auf einen Stein, den er in den Händen hält.

Milaileé und ich beschließen, den Zwerg nicht zu drängen und auf seine weiteren Ausführungen zu warten. Es fällt uns allerdings schwer, die nötige Geduld aufzubringen.

„Wenn wir diesen Gang nehmen, müssen wir durch das Gebiet der Kobolde und das ist gar nicht gut", fährt er nach einer Weile fort.

Nun fragen wir doch nach. „Kobolde, hier unten in euren Stollen? Wieso lasst ihr das zu?" Ungläubig schauen Milaileé und ich uns an.

Zögernd sprechen die Zwerge weiter. „Naja, wir betreten diesen Bereich schon lange nicht mehr. Die Kobolde kamen unbemerkt und haben sich dort angesiedelt. Wir waren bis jetzt einfach zu bequem, um sie zu vertreiben. Außerdem lassen sie uns in Ruhe." Nubgar zuckt mit den Achseln.

Ich wundere mich, dass die beiden dann nicht sofort auf die Idee gekommen sind, diesen Weg zu nehmen, als wir festgestellt haben, dass der Stollen verschüttet ist.

„Naja, wir und die Kobolde … Also, wir verstehen uns nicht so gut." Nubnus druckst herum und auch sein Bruder blickt betreten auf den Boden. „Es ist so, dass wir die Kobolde töten, die sich in unsere Gebiete wagen. Die Kobolde töten wiederum jeden, der sich in ihrem Bereich befindet."

„Na toll. Das bedeutet, dass wir diesen Weg nicht nehmen können. Gibt es noch eine andere Möglichkeit?"

Der Zwerg schüttelt den Kopf. „Nur zurück und dann überirdisch. Das dauert bestimmt mehrere Wochen."

„Die Zeit haben wir nicht, dann müssen wir es mit den Kobolden aufnehmen." Ich erschrecke mich ein wenig vor meinen eigenen Worten, aber ich habe keine Lust mehr, in den unterirdischen Gängen herumzuirren. Wenn ich nicht bald wieder Tageslicht sehe, werde ich wahnsinnig. Milaileé geht es offenbar genauso, denn sie stimmt mir sofort zu.

Nubnus nickt langsam. „Wenn wir leise und sehr vorsichtig vorgehen, kommen wir vielleicht ungesehen durch. Wenn es uns gelingt, uns abseits der größeren Höhlen zu halten, kommen wir vielleicht unbehelligt zum Ausgang. Dort müssen wir dann sehr schnell sein. Sie haben sicherlich Wachen aufgestellt, wenn wir aber erst einmal an ihnen vorbei sind, werden sie uns nicht weiter verfolgen."

Milaileé mischt sich in das Gespräch ein. „Mit wie vielen Kobolden müssen wir überhaupt rechnen? Mit einhundert oder eher mit zweihundert von ihnen?"

Nubgar reibt sich den Bart. „Wohl eher ein- bis zweitausend, wenn ich vorsichtig schätzen soll."

Milaileé lächelt schmal. „Dann müssen wir wahrlich sehr leise sein." Ihre Stimme klingt gepresst und straft das Lächeln in ihrem Gesicht lügen.

Wir warten nicht länger und gehen den Weg zurück. Nach drei weiteren Stunden missmutigen Marsches stehen wir an einer Abzweigung.

„Hier ist es. Das ist der Eingang zu den Koboldhöhlen. Wir gehen jetzt aber noch nicht hinein. Wir ziehen uns zurück und rasten. Dann können wir das Gebiet möglicherweise ohne Pause durchqueren."

„Damit ist unsere Chance, unbemerkt zu bleiben, deutlich höher", stimmt Nubgar seinem Bruder zu.

Milaileé seufzt vernehmlich. „Nun kommt es auch nicht mehr darauf an, wie lange wir noch hier unten bleiben müssen. Ein Tag mehr oder weniger."

Wir ziehen noch ein Stück weiter, bis wir eine kleine Höhle finden. Feuer machen wir dieses Mal nicht. Wir legen uns zur Ruhe und versuchen, ein wenig Schlaf zu bekommen.

Als wir nach kurzem, unruhigem Schlaf erwachen, überprüfen wir unsere Waffen und ziehen los. Nubnus hat uns eine grobe Skizze in den Boden geritzt, damit wir, falls wir getrennt werden sollten, den Ausgang finden können. Ich bezweifle, dass sie uns im Notfall wirklich helfen wird. Trotzdem versuchen wir, sie uns einzuprägen.

Als wir wieder an dem Abzweig angekommen sind, der zu den Kobolden führt, legen die Zwerge die Blende vor die Lampe und wir haben nur noch einen schmalen Lichtstrahl, der den Boden vor uns erhellt. Langsam und vorsichtig tasten wir uns vor. Die Zwerge gehen voran und führen uns den Stollen entlang.

„Wenn wir uns an diesen Gang halten und leise sind, sollten wir mit etwas Glück heil hier herauskommen", flüstert Nubgar in unsere Richtung.

Ich kann seinen Optimismus nicht ganz teilen, aber ich hoffe auch, dass wir hier ohne Zwischenfall wieder herauskommen. So kommen wir die nächsten Stunden langsam, aber ohne Vorkommnisse voran. Zweimal müssen wir wieder umdrehen, da wir sonst zu dicht an die bewohnten Höhlen herangekommen wären. Dann bleiben die Zwerge stehen und lauschen in die Dunkelheit.

Die Kobolde sind zu unserem Glück nicht gerade leise Kreaturen. Wir hören einen Trupp den Stollen entlang marschieren, natürlich genau in unsere Richtung. Vorsichtig ziehen wir uns in eine Höhle zurück, an der wir gerade eben schon vorbeigekommen sind. Hinter einen großen Felsen gekauert warten wir den Trupp ab und hoffen, dass sie an dieser Höhle kein Interesse haben.

Laut lärmend marschieren sie an unserem Versteck vorbei. Marschieren kann man dieses Durcheinander eigentlich nicht wirklich nennen. Sie laufen kreuz und quer, schnattern in ihrer Sprache und sind dabei lauter als hundert Zwerge, die sich zu einem Sturmangriff sammeln. Wir warten, bis der Lärm in dem Stollen verklingt.

Gerade wollen wir uns erheben und unseren Weg fortsetzen, als wir ein leises, dunkles und bedrohliches Knurren hinter uns hören. Das vibrierende Geräusch geht durch den ganzen Körper und ich bekomme eine Gänsehaut davon.

Nubnus stöhnt auf und murmelt leise:

„Oh verdammt."

Ganz langsam drehen wir uns um. Aus dem dunklen Hintergrund der Höhle glimmen zwei blau leuchtende Augen auf. Die Höhe, auf der die Augen sich befinden, beunruhigt mich, denn offensichtlich handelt es sich um eine größere Kreatur.

Hastig nehmen die Zwerge die Blenden von ihren Laternen. Im ersten Moment bin ich durch das helle Licht geblendet, sehe dann aber eine riesige, schwarze Katze, die uns lauernd beobachtet. Ihre Schulter reicht mir bestimmt bis an die Hüfte. Im Licht der Lampen kann man das Spiel der Muskeln in ihrem über zwei Meter langen Körper erkennen. Am meisten beunruhigen mich die Zähne. Diese zeigt sie uns nämlich in ihrer ganzen Pracht.

Dieses Gebiss knackt bestimmt auch die dicksten Knochen ohne Mühe. Ich kann erkennen, wie die Muskeln in den Hinterläufen zucken, und da springt das Tier auch schon in unsere Richtung.

Wir springen in alle Richtungen beiseite und ziehen dabei unsere Waffen. Bei der Geschwindigkeit dieser ‚Katze' hört sich das einfacher an, als es ist. Ich kann ein weiteres Mal ausweichen und mich in eine etwas bessere Position bringen. Sofort ist das Tier bei den Zwergen, die sich ihm mit ihren Äxten entgegenstellen.

Die Katze stößt ein markerschütterndes Brüllen aus. Mir klingeln davon die Ohren. Dann bin ich schon wieder das Ziel und kann gerade noch unter ihrem Sprung hindurch tauchen.

„Versucht den Ausgang freizuhalten, vielleicht verschwindet sie dann", ruft uns Milaileé zu. Dann muss auch sie beiseite springen.

Die Idee ist sicherlich gut, aber leichter gesagt als getan.

Die Zwerge haben die Lampen abgestellt, um beide Hände frei zu haben, und eine ist inzwischen umgekippt und erloschen. In der nur noch von einer einzigen Öllaterne erhellten Finsternis ist dieses schwarze Tier sehr schwer zu sehen und wir können uns bislang nur auf das Ausweichen konzentrieren. Irgendwann gelingt es Nubnus, dem Tier eine Wunde an der Flanke beizubringen. Als es seinen Bruder anspringt, rutscht er unter ihm durch und schlägt mit seiner Axt zu.

Mit einem Jaulen bricht es den Angriff ab und wendet sich nun seinem Peiniger zu. Für mich sieht es nicht so aus, als würde es freiwillig verschwinden wollen. Nun ist Nubgar an der Reihe. Da das Tier sich nur auf einen Gegner konzentriert, haben die Zwerge sich dafür entschieden, dass einer von ihnen den Köder spielt. Der andere greift in einem günstigen Moment das Untier an. Das scheint recht gut zu funktionieren. Leider hat es zur Folge, dass es von den Zwergen ablässt und sich mir zuwendet.

Hektisch schaue ich mich um und entdecke ein kleines Steinpodest rechts neben mir. Ich hoffe, dass die Katze mich direkt angreift, dann kann ich meine Idee in die Tat umsetzen. Und tatsächlich springt das Tier mich frontal an. Ich laufe ihm entgegen, weiche seitlich aus und springe auf dieses Podest. Von dort stoße ich mich sofort ab, drehe mich im Fluge und lande auf dem Rücken des Tieres. Nun kommt mir diese Idee nicht mehr so großartig vor. Ich habe keine Möglichkeit, mich irgendwo festzuhalten, das Fell ist zu kurz, um sich darin festzukrallen. Bevor ich mein Schwert auch nur in die Nähe des Halses bringen kann, fliege ich in hohem Bogen davon.

Ich habe kaum Zeit, meine Dummheit zu verfluchen, bevor ich an der Wand der Höhle lande. Der Aufprall ist so heftig, dass ich mein Schwert verliere und Sterne vor den Augen sehe. Das Tier sieht in mir nun ein leichtes Opfer. Als es mich erreicht, attackiert Milaileé es nach der Art der Zwerge und ich habe noch einmal Glück gehabt.

Offensichtlich scheint es dem Tier nun doch zu viel zu werden. Es brüllt noch einmal laut auf und verschwindet mit mächtigen Sätzen in dem Stollen. Die Kobolde tun mir ein wenig leid, denn genau in diese Richtung ist die Katze verschwunden.

„Was? War? Das?" Ich bin immer noch außer Atem und auch Milaileé atmet stoßweise.

Den Zwergen geht es nicht besser. „Das war ein Onyxpanther", meint Nubnus nach Luft schnappend, „ich habe nicht erwartet, einen von ihnen hier anzutreffen."

„Hast du nicht gesagt, wir müssen nur versuchen, an den Kobolden unbemerkt vorbeizukommen?" Ich schaue Nubnus ungläubig an. „Ich finde ja, dass diese Viecher, die es hier unten gibt, deutlich gefährlicher sind als ein paar lärmende Kobolde. Auf noch so eine Begegnung kann ich verzichten. Da nehme ich es lieber mit zehn Kobolden auf!"

Der Zwerg rauft sich seinen Bart. „Die Onyxpanther dürften nicht so weit hier unten sein. Sie leben eher an den Berghängen und sind in den Höhlen an diesen Hängen zu finden. In die Stollen kommen sie so gut wie niemals."

Wir untersuchen uns kurz, haben außer ein paar Kratzern und zerrissener Kleidung aber nichts weiter abbekommen. Ich kann mir einen kurzen Lacher nicht verkneifen.

„Wir müssen es positiv sehen, zumindest müssen wir uns um die Kobolde erst einmal keine Sorgen mehr machen. Die sind nun beschäftigt."

Beide Zwerge grinsen breit. „Zumindest diese Gruppe bekommt gleich ein kleines Katzenproblem."

Wir sammeln uns noch kurz, dann betreten wir den Stollen und machen uns wieder auf den Weg. Nach kurzer Zeit hören wir einigen Radau aus der Richtung, aus der wir gekommen sind. Da er schnell näher kommt, können wir davon ausgehen, dass ein paar Kobolde nicht als Katzenfutter geendet sind. Wir drehen uns in die Richtung der Geräusche, die Zwerge vor uns, Milaileé und ich mit gespannten Bögen dahinter.

Wir müssen nicht lange warten. Nach wenigen Minuten kommen vier Kobolde um eine Biegung gerannt. Sie schauen panisch nach hinten und sehen uns gar nicht. Ich bin erleichtert. Nur vier von ihnen. Dem Lärm nach, den sie machen, habe ich mindestens zwanzig erwartet. Milaileé und ich lassen die Pfeile los und die hinteren beiden Kobolde bemerken erst, dass die Katze nicht ihr einziges Problem ist, als sie über ihre gefallenen Kameraden stolpern. Noch während die ersten Pfeile unterwegs sind, nehmen wir die verbliebenen Kobolde ins Visier.

Auf diese kurze Distanz kann man nicht danebenschießen und die vier Kobolde sind tot, noch bevor die Zwerge zwei Schritte weit gekommen sind. Diese werfen uns einen vorwurfsvollen Blick zu, sagen aber nichts. Wir zucken nur entschuldigend mit den Schultern. Wir haben nicht daran gedacht, dass wir den Zwergen den Spaß nehmen, wenn wir die Kobolde im Alleingang ausschalten.

Da keinerlei Rüstung unsere Pfeile aufgehalten hat, können wir sie unversehrt wieder einsammeln. In der unmittelbaren Nähe gibt es keine Höhlen, also lassen wir die Kobolde da, wo sie sind, und hoffen, dass hier in naher Zukunft keine ihrer Kameraden vorbeikommen. Wenn sie bemerken, dass hier noch andere Feinde die Gänge durchstreifen, werden sie vielleicht neugierig und folgen uns. Wir beeilen uns, hier wegzukommen.

Später und ein paar Meilen weiter kommen wir an eine Kreuzung. Die Zwerge sind unsicher, denn in diesem Gebiet waren sie noch nicht.

„Tja, entweder führt der Weg weiter geradeaus oder wir müssen hier nach rechts abbiegen." Mit diesen Worten setzt sich Nubgar auf den Boden und grübelt über den richtigen Weg nach.

Milaileé und ich zucken mit den Schultern, setzen uns ebenfalls hin und essen etwas von unserem Proviant. Wenn die Zwerge schon nicht wissen, welchen Weg wir nehmen müssen, dann können wir beide erst recht nichts tun. So nutzen wir die Zeit, um uns ein wenig auszuruhen.

Nach einiger Zeit steht Nubgar wieder auf und deutet geradeaus. „Wir müssen geradeaus weiter gehen", verkündet er selbstbewusst.

Wir packen unsere Sachen wieder zusammen und folgen ihm.

Wir können keinen Unterschied zwischen den drei möglichen Gängen erkennen und Milaileé fragt nach einiger Zeit neugierig: „Woher weißt du, dass es dort lang geht?"

Nubgar schaut sie ruhig an. „Ich weiß es nicht", antwortet er mit entspannter Stimme, „aber wir haben zu einem Drittel die Chance, dass dies der richte Weg ist."

Darauf ist Milaileé erst einmal sprachlos, muss dann aber laut lachen. „Zwerge, die sich in ihren eigenen Stollen verlaufen. Das glaubt mir keiner, wenn ich das erzähle!"

Nubgar dreht sich im Gehen zu uns um. „Wir waren seit Jahrzehnten nicht mehr hier in dieser Gegend. Da kann einen die Erinnerung schon einmal verlassen." Die Stimme des Zwerges klingt eingeschnappt.

Daraufhin lassen wir ihn in Ruhe und folgen ihm klaglos. Wir können es ohnehin nicht ändern. Nach ein paar Stunden Fußmarsch weitet sich der Stollen in eine riesige Höhle. Die Decke ist im mageren Schein der Lampen nicht zu erkennen und auch der gegenüberliegende Rand liegt in der Dunkelheit. Zwischendurch sind immer wieder diese Steintropfen zu finden. Wir gehen die Höhle ab und stellen fest, dass es ganze sieben Gänge gibt, die von hier weiterführen. Seufzend setzen die Zwerge sich abermals hin.

„Wir sollten hier unser Lager aufschlagen. Dann können wir, wenn wir ausgeruht sind, die Gänge einen nach dem anderen untersuchen." Nubnus versucht, seine Stimme gleichgültig klingen zu lassen. Ich glaube, es wurmt ihn gewaltig, dass er den Weg nicht kennt.

Wir teilen die Wachen ein und legen uns in der Nähe des Ganges, aus dem wir die Höhle betreten haben, zur Ruhe. Ein Geräusch weckt uns im selben Moment, in dem auch Milaileé, die gerade Wache hat, zu uns tritt und uns wecken will.

„Irgendetwas ist da draußen. Ich bin sicher, Schritte gehört zu haben."

Die Zwerge greifen sofort zu ihren Äxten, als etwas mit einem Pling von Nubgars Helm abprallt.

Nubnus hat gerade die Lampen heller gestellt, da können wir im Schatten der Höhle Bewegungen von kleinen, schlaksigen Gestalten auf zwei Beinen erkennen. Zuerst will ich erleichtert aufatmen, dass es sich nicht um einen weiteren Panther handelt, aber mir bleibt meine Erleichterung im Halse stecken, denn ich kann die Gestalten nun besser erkennen. Die Bewegungen werden nicht von zehn oder zwanzig Kobolden verursacht. Das müssen mindestens einhundert sein, wenn nicht doppelt so viele.

Milaileé atmet hörbar ein. „Wir hätten rechts gehen sollen."

Das hätte sicherlich nichts bewirkt. Die Kobolde sind offenbar unserer Spur gefolgt und haben die Höhle durch denselben Gang betreten wie wir. Nach dem lärmenden Haufen, der an uns vorüber gerannt ist, bin ich davon ausgegangen, dass sich die Kobolde schon von Weitem durch ihren Lärm ankündigen würden. Ich bin nicht auf die Idee gekommen, dass sie auch leise sein können.

„Das sind in der Tat ein paar mehr von ihnen, als ich erwartet hätte, hier zu treffen. Ich gestehe, wir haben nun einige Arbeit vor uns." Nubnus packt seine Axt fest und macht einen Schritt nach vorne. „Wer die meisten erschlägt, gewinnt. Wer die wenigsten zählt, gibt bei unserer Rückkehr ein Gelage aus."

Ich bin erstaunt, wie selbstbewusst die Zwerge dieser Übermacht gegenübertreten. Es sind über einhundert. Wir sind zu viert.

„Passt auf die Pfeile auf. Die Kobolde sind zwar keine besonders guten Schützen, aber die Spitzen sind in der Regel vergiftet.

Lasst euch möglichst nicht treffen." Nubgar klappt bei seinen Worten das Visier seines Helmes herunter.

Auf einmal wünsche ich mir, ebenfalls in eine Metallrüstung gekleidet zu sein. Darin ist man zwar nicht so beweglich wie in unserer Lederrüstung, jedoch ist man vor Pfeilen besser geschützt.

Nubgar fährt fort und seine Stimme klingt hohl unter seinem Helm hervor: „Wir versuchen, uns in den nächsten Stollen, den wir erreichen können, zurückzuziehen. Dort haben wir bessere Chancen gegen die Kobolde, da sie uns in den Gängen nicht umzingeln können."

Hätten wir nur unsere beiden Laternen, dann wären wir hier und jetzt gestorben. Auch wenn die Zwerge die Blenden ganz entfernt haben, so leuchten sie nur in eine Richtung. Die Höhle ist in flackerndes Licht getaucht, als die Kobolde ihre Fackeln entzünden, sodass auch wir nun ausreichend erkennen können. Allerdings verwirren einen die unsteten Schatten auch. Ich habe versucht, die Gegner zu zählen, habe aber nach dreimaligem Verzählen aufgegeben. Milaileé und ich können mit unseren Pfeilen bestimmt dreißig Kobolde außer Gefecht setzen – wenn wir nicht daneben schießen. Da wir den Kampf nicht vermeiden können, bringt es auch nichts, ihn herauszuzögern. Wir suchen uns unsere Ziele und beginnen den Waffengang mit einigen Pfeilen. Wir versuchen, zuerst die Bogenschützen der Kobolde zu vernichten, damit sie ihre vergifteten Pfeile nicht abschießen können. Gleichzeitig stürmen die Zwerge voran. Kaum sind die ersten beiden Kobolde unter unseren Pfeilen gefallen, beginnt das Chaos. Die Kobolde greifen zu unserem Segen nicht geplant, in einheitlichen Reihen an, was unsere Überlebenschance erheblich erhöht.

Jeder läuft für sich alleine los und sucht sich ein Ziel. Unser Glück ist, dass viele versuchen, denselben Gegner anzugreifen, und sich damit gegenseitig im Weg stehen.

Die Zwerge nutzen das Durcheinander aus und wüten fürchterlich mit ihren Äxten.

Ich konnte zehn Pfeile abschießen und bin sicher, dass trotz dieses Tumults jeder getroffen hat. Dann sind die Kobolde heran und ich versuche, hinter die Steinsäulen auszuweichen. Einen Schwerthieb kann ich mit meinem Bogen beiseite wischen. Ich stelle meinem Angreifer ein Bein und schlage ihm den Bogen über den Schädel. Zwei weitere Pfeile kann ich noch in die Menge schießen, dann muss ich mein Schwert ziehen und befinde mich ebenfalls inmitten des Chaos, das die Kobolde verbreiten.

Nun sehe ich, dass wir nicht alle feindlichen Bogenschützen ausgeschaltet haben. Direkt in meiner Nähe legen gleich drei auf mich an – und schießen weit daneben. Ich kann kaum fassen, wie man auf solch geringe Entfernung danebenschießen kann, will mein Glück aber auch nicht überstrapazieren. Daher nehme ich mir diese drei als nächste Gegner vor. Als sie bemerken, dass ich auf sie zuhalte, schießen sie panisch in meine Richtung. Einer der Pfeile kommt mir tatsächlich nah, doch kommt es mir so vor, als würde er besonders langsam fliegen. Ich wische ihn mit meinem Schwert beiseite und bin dann bei ihnen angekommen.

Sie lassen ihre Bögen fallen und umklammern panisch ihre schartigen Schwerter. Ich täusche einen Stich an, worauf der Kobold prompt hereinfällt und führe mit einer kleinen Drehung einen seitlichen Rückhandhieb aus.

Von den Feinheiten des Schwertkampfes haben die Kobolde keine Ahnung und so habe ich leichtes Spiel.

Der Körper des Koboldes bleibt noch einen Augenblick stehen, als müsse er erst einmal begreifen, dass der Kopf nicht mehr da ist. Ich halte mich nicht weiter auf und kümmere mich um die anderen beiden. Da diese zwei einigermaßen koordiniert vorgehen, muss ich mehr aufpassen. Ich möchte von diesen schartigen und rostigen Schwertern keinen Schnitt davontragen. Eine Blutvergiftung muss nicht sein, geschweige denn, dass die Waffen nicht schneiden, sondern das Fleisch eher zerreißen würden. Zwei kurze Attackeserien gehen hin und her, dann verlieren die beiden die Geduld – und im Anschluss ihre Köpfe.

Ich habe kurz Zeit, mich umzusehen. Sowohl Milaileé als auch die Zwerge haben keine großen Probleme mit den Kobolden. So langsam glaube ich, dass wir gegen diese Überzahl doch bestehen können. Unseren eigentlichen Plan, in den Stollen zu verschwinden, konnten wir bist jetzt nicht verfolgen. Da aber bereits die Hälfte der Kobolde tot am Boden liegt, ist dies möglicherweise auch gar nicht nötig. Ich will mir gerade neue Gegner suchen, als mein Blick auf den Gang fällt, aus dem wir gekommen sind. Ein kurzes Aufstöhnen kann ich nicht unterdrücken. Wie ein Strom Wasser ergießen sich weitere Kobolde in die Höhle. Nun sind es noch mehr als am Beginn der Schlacht. Also habe ich mich zu früh gefreut.

Ich will gerade eine Warnung rufen, als Nubnus mir zuvor kommt. „Ab in den Stollen! Das werden immer mehr. Wir dürfen nicht zulassen, dass sie in unseren Rücken kommen."

Langsam weichen wir, jeder für sich, zurück und sind kurz vor dem Stolleneingang wieder zu viert.

Während die Zwerge uns die Kobolde vom Hals halten, verschießen Milaileé und ich unsere letzten Pfeile, dann haben wir den Stollen erreicht. Im Gang selbst können immer nur zwei von uns den Kobolden gegenüberstehen. Dies ist ein wichtiger Vorteil für uns, denn für die Kobolde gilt dasselbe und kämpferisch sind wir ihnen überlegen. Nur durch ihre Masse hätten sie uns überrennen können. Und zudem können sie nun nur noch frontal angreifen und uns nicht in den Rücken fallen.

Jetzt sind Milaileé und Nubnus vorne, während Nubgar und ich zu Atem kommen können. Dabei bewegen wir uns langsam rückwärts. Die beiden ergänzen sich sehr gut. Der Zwerg kümmert sich mit der Axt um die Beine, Milaileé mit ihrer längeren Klinge um die obere Hälfte der Gegner. So können die Kreaturen zu keiner Zeit die Oberhand gewinnen.

Nach wenigen Minuten lösen Nubgar und ich die beiden ab und stellen uns selbst nach vorne. Tatsächlich ist es für uns ein leichtes, die unkontrollierten Hiebe und Stiche abzuwehren und einen nach dem anderen auszuschalten. Aber während unsere Muskeln langsam erlahmen, drängen von den Kobolden immer neue auf uns ein. Wir müssen uns etwas einfallen lassen, sonst werden wir hier nicht rauskommen. Ein sengender Schmerz in meinem linken Unterschenkel zeigt mir, dass es Zeit ist, sich ablösen zu lassen.

Wieder wechseln wir uns ab und ich stehe mit dem Zwerg hinten. Als ich mein Bein untersuche, finde ich eine kleine Schnittwunde, die quer zur Wade verläuft. Schmerzhaft, aber nicht gefährlich.

„Ich glaube, ich weiß jetzt, wo wir uns befinden", ruft Nubgar uns zu und verschwindet hinter uns im Stollen. „Ich bin gleich wieder da, ich will etwas kontrollieren."

Nun stehe ich alleine da und schaue Milaileé und dem Zwerg beim Kämpfen zu. Da kommen aus dem Dunkeln Pfeile geflogen. Obwohl sie schlecht gezielt sind und sogar die eigenen Leute treffen, findet einer sein Ziel und bleibt in Nubnus' Schulter stecken. Der Zwerg grunzt nur kurz und kämpft weiter. Bald darauf kommt sein Bruder wieder.

„Nubnus, ich brauche dich. Ich weiß, wie wir hier rauskommen!"

Die Worte des Zwerges lassen uns neue Hoffnung schöpfen und wir können weitere Reserven unserer Körper aktivieren. Ich wechsle mit dem Zwerg und nehme seine Stellung ein. Der Pfeil scheint nicht viel Wucht gehabt zu haben, denn Nubnus wischt ihn mit einer Handbewegung aus seiner Schulter und gesellt sich zu seinem Bruder. Ich kann sehen, wie die beiden den Gang entlang eilen, dann muss ich mich auf das Geschehen vor mir konzentrieren.

Die Kobolde schlagen ohne jeden Plan auf uns drein. Trotz ihrer stümperhaften Schläge kommen wir bald in Bedrängnis. Ich habe den Überblick verloren, wie viele Kobolde unter unseren Klingen gefallen sind.

Einschließlich denen in der Höhle müssen es hundert sein. Ein Schlag, den ich fast übersehen hätte, ist so heftig, dass er mir den Arm prellt und dieser einige Sekunden taub ist. Glücklicherweise bemerkt Milaileé mein Missgeschick und wehrt die nächsten Angriffe auf mich ab, bis ich das Schwert in die linke Hand nehmen kann. Da ich mit links aber nun mal nicht wirklich etwas ausrichten kann, konzentriere ich mich auf die Abwehr und Milaileé übernimmt die Angriffe.

Ich habe nur noch Augen für die Klingen vor uns und zwinge meinen linken Arm, seine Arbeit zu machen.

Nach einer gefühlten Ewigkeit kommt Nubgar von hinten aus dem Gang und schreit in voller Lautstärke: „Lauft, lauft so schnell ihr könnt. Mir nach!"

Gleichzeitig mit seinen Worten geht ein Grollen durch den Gang. Die Kobolde schauen ängstlich zur Tunneldecke hinauf. Wir beide nutzen diese Gelegenheit, lösen uns von unseren Gegnern und rennen Nubgar hinterher.

Nach einer Biegung kommen wir in einen Bereich, der mit Holzbalken abgestützt ist. An der Decke sehe ich kreuz und quer Holzbalken. Dazwischen rieselt Gesteinsstaub auf uns herunter. Ich ahne Übles und wir legen noch einen Zahn zu. In der Ferne können wir das Licht der Zwergenlaterne erkennen. Die beiden warten an einer Kreuzung auf uns. Sie winken hektisch mit den Armen.

Meine Beinverletzung ist doch nicht so harmlos, wie ich dachte. Jeder Schritt tut höllisch weh und ich spüre, wie das Blut in meinen Schuh läuft. Über uns ertönt ein Knirschen und der Steinstaub wandelt sich in größere Geröllbrocken. Immer noch haben wir fünfzig Meter vor uns, bis wir die Brüder erreichen.

Ein faustgroßer Stein trifft mich an der linken Schulter und bringt mich ins Taumeln. Milaileé ergreift meinen Arm und zieht mich weiter. Der Staub hüllt uns inzwischen so stark ein, dass wir nicht mehr genau erkennen können, wo wir hinlaufen. Das Atmen ist beinahe unmöglich geworden.

Unmittelbar vor uns kracht ein Holzbalken nieder und wir können gerade eben darüber springen.

Dann hören wir, wie der Fels über uns nachgibt. Mit einem verzweifelten Hechtsprung nach vorne springen wir den Zwergen direkt in die Arme. Hinter uns ist ein ohrenbetäubendes Grollen und Krachen zu hören. Durch den Staub können wir nicht sehen, was dort vor sich geht. Da aber keine Kobolde aus der Staubwolke hervorkommen, wird die Falle der Zwerge funktioniert haben.

Darüber kann ich mich im Moment noch nicht wirklich freuen. Ich bin nämlich intensiv damit beschäftigt, zu Atem zu kommen. Mein Herz rast und ich kann ein Zittern nicht unterdrücken. Milaileé ist ebenfalls nicht ungeschoren davongekommen. Sie blutet aus einer Wunde an der Schläfe und auch ihre Hände sind in Mitleidenschaft gezogen. Holz- und Steinsplitter haben für einige Abschürfungen gesorgt.

Mich hat es schlimmer erwischt. Zumindest sieht es nach der ersten oberflächlichen Untersuchung so aus. Der Steinstaub macht es nicht einfach, die Verletzungen zu beurteilen. Meinen rechten Arm kann ich seit dem Schlag, den der Kobold mir verpasst hat, noch immer nicht richtig bewegen, meine linke Schulter schmerzt, als wäre sie gebrochen, und ich habe das Gefühl, mein Blut läuft literweise aus meiner Beinwunde. Bei genauerer Untersuchung kann ich allerdings feststellen, dass dies nur ein Gefühl ist. Die Wunde hat sich zwar geweitet, ist aber trotzdem noch immer nicht gefährlicher geworden, als sie vorhin den Anschein hatte.

Die Zwerge haben keine Kratzer davongetragen, wenn man die Schulterwunde von Nubnus außer Acht lässt. Breit grinsend schauen sie uns an.

Milaileé richtet sich auf und tritt auf die Zwerge zu. Ihr Blick verheißt nichts Gutes.

Mit ruhiger, aber eiskalter Stimme spricht sie zu den Zwergen. „Wenn. Ihr. Das. Noch. Einmal. Macht. Dann werde ich euch erschlagen."

Ihr Ton jagt mir einen Schauer über den Rücken und auch den Zwergen wird das breite Grinsen aus dem Gesicht gewischt. Glücklicherweise sind sie so schlau, dass sie darauf nichts erwidern.

Erschöpft sinken wir an der Stollenwand hinab und warten darauf, dass der Staub sich legt.

Ich suche aus meinem Gepäck ein kleines Stück sauberes Tuch und kümmere mich um Milaileés Wunde. Anschließend verbinde ich mich selbst. Milaileé kann dies nicht tun, da der Schlag auf die Schläfe sie jetzt, wo die Aufregung vorbei ist, betäubt hat. Kaum hat sie sich hingesetzt, hat sie das Bewusstsein verloren. Da ihr Atem tief und gleichmäßig geht, gönne ich ihr die Ruhe. Auch ich schließe die Augen, genieße Milaileés Kopf auf meiner Schulter und überlasse es den Zwergen, die Wache zu übernehmen.

Als ich erwache, hat sich der Staub gelegt. Milaileé liegt neben mir, den Kopf in meinen Schoß gebettet. Sanft streiche ich ihr die Haare aus dem Gesicht. Die Blutung an ihrer Schläfe hat aufgehört und auch mein Bein blutet nicht mehr. Ich erfreue mich an dem Duft ihrer Haare, auch wenn er sich mit dem Steinstaub mischt, und bleibe mit geschlossenen Augen noch eine Weile liegen. Dann ist meine Neugier größer und ich schaue mich um.

Den Gang, den wir gekommen sind, gibt es nicht mehr. Eine Wand aus Steinen hat ihn verschlossen. Ich hoffe im Stillen, dass die Zwerge nicht versehentlich dafür gesorgt haben, dass wir hier lebendig begraben sind. Wenn diese Kreuzung in Sackgassen führt, dann haben wir ein größeres Problem als Kobolde. Ich gestatte mir jedoch nicht, den Gedanken weiter zu verfolgen. Versonnen streiche ich Milaileé über die Haare, als sie die Augen öffnet und mich anschaut. Sie scheint sich an meiner Berührung nicht zu stören. Sie bleibt liegen und schaut zu mir hinauf.

„Na, wir sind schöne Krieger geworden, was! In letzter Zeit liegen wir ständig in irgendeiner Ecke herum und warten darauf, dass wir aufhören, zu bluten." Mit einem schiefen Grinsen steht sie auf und wendet sich an die Zwerge. „Ich möchte mich entschuldigen. Ich habe überreagiert. Ich weiß, dass ihr uns nur vor den Kobolden retten wolltet."

Die beiden schütteln den Kopf. „Nein, du hattest recht. Wir haben nicht damit gerechnet, dass der Einsturz so heftig wird. Wir wollten den Gang auf zehn Metern zum Einsturz bringen.

Dass er so instabil ist, dass er auf einhundertfünfzig Metern einbricht, darauf waren wir nicht vorbereitet." Nubgar ist immer noch fassungslos.

„Das hätte nicht passieren dürfen. So morsch waren die Balken nicht. Da muss vorher schon jemand daran herumgepfuscht haben. Tunnel, die wir präparieren, stürzen nur an der geplanten Stelle ein."

Ich schaue Nubnus bei seinen Worten an. Ihm scheint es nicht gut zu gehen. Feine Schweißperlen stehen auf seiner Stirn und ich äußere meinen Verdacht. „Der Pfeil, der dich getroffen hat, war vergiftet, stimmt es?"

Langsam nickt er. „Ja, das war er." Er macht eine wegwerfende Handbewegung. „Er ist nicht tief eingedrungen und das Gift hatte keine Gelegenheit, sich zu verbreiten. Ich bin fit genug, dass wir weiter können."

Ich hoffe inständig, dass er recht hat, denn wir haben kein Gegengift und in den Stollen werden wir auch keine wirksamen Pflanzen finden. Mit einem letzten Blick auf den eingestürzten Gang brechen wir auf. Nubgar weiß, wo wir lang müssen, denn er erinnert sich an diesen Gang.

„Es ist schon viele Jahrzehnte her, dass ich das letzte Mal hier in der Gegend gewesen bin. Wir waren auf Patrouille. Außer ein paar Steinratten und Stollenschweinen gab es damals nichts Interessantes zu erleben. Die Kobolde waren zu der Zeit noch nicht hier und seitdem war kein Zwerg mehr in der Gegend."

Den Brüdern folgend wandern wir den Gang entlang und wir kommen gut voran. Nubnus scheint seine Wunde tatsächlich nichts auszumachen. Zumindest lässt er sich nichts anmerken. Auch mein Bein trägt mich klaglos und die Arme sind wieder voll funktionsfähig.

Wie in dem eingestürzten Teil sind die Wände und Decken auch in diesem Bereich mit massiven Holzbalken abgestützt. Auch wenn hier unten keine Feuchtigkeit dem Holz zusetzen kann, so ist doch erkennbar, dass die Balken das Ende ihrer Lebenszeit erreicht haben. Vorsichtig werfe ich immer wieder einen Blick zur Decke. Dass die Zwerge immer wieder die Wände und die Balken prüfen, trägt nicht gerade zu meiner Beruhigung bei.

„Macht euch keine Sorgen. Die Deckenbalken sind stabil genug. Die halten noch zehn bis zwanzig Jahre."

Nubnus' Aussage ändert nichts an dem misstrauischen Blick, mit dem ich Wände und Decke mustere. Ich habe mich gerade damit abgefunden, eine weitere Nacht in diesem Grab zu verbringen, da sehen wir hinter einer Biegung in der Ferne Licht. Wir bleiben wie angewurzelt stehen, die Zwerge klappen die Blende vor die Lampen. Aber das Licht leuchtet gleichmäßig und kommt nicht näher. Wir scheinen den Ausgang gefunden zu haben.

Beschwingt eilen wir darauf zu. Mir kommt die Warnung der Zwerge in den Sinn, sie hatten uns mitgeteilt, dass der Ausgang bewacht sei, und ich verlangsame meine Schritte. Wir können allerdings keine Wachposten sehen. Einsam und verlassen liegt die Öffnung da.

Und tatsächlich. Der Berg entlässt uns aus seinen Klauen und wir betreten im letzten Licht des Tages ein kleines Plateau. Von hier führt ein schmaler Pfad in die Tiefe. Da es aber schon zu dunkel für den Abstieg ist, beschließen wir, zu rasten. Vor den Kobolden brauchen wir uns nicht in Acht zu nehmen, denn sie werden nicht so schnell durch den eingestürzten Gang kommen.

Ein Feuer können wir nicht machen, denn hier ist nichts Brennbares zu finden. Das stört uns nicht weiter. Wir sind froh, endlich wieder den Himmel über uns zu haben und frische Luft zu atmen. Den beiden Brüdern geht es offenbar genauso. Zumindest hellen sich auch ihre Gesichter auf.

„Geschafft", bemerkt Nubnus, verdreht die Augen und fällt um wie ein Baum.

Sofort eilen wir zu ihm. Sein Körper ist glühend heiß.

„Von wegen das Gift konnte nicht eindringen. Wieso seid ihr nur so stur?" Milaileé schimpft lautstark mit Nubgar.

Besorgt bettet Nubgar seinen Bruder auf ein hastig errichtetes Lager. Er flößt ihm etwas Wasser ein, dann setzt er sich daneben.

„Weißt du, was es für ein Gift ist? Vielleicht können wir Kräuter besorgen, die es abschwächen oder sogar neutralisieren." Milaileés Stimme drückt wenig Hoffnung aus.

Nubgar schüttelt den Kopf. „Es gibt kein Gegengift. Die Kobolde benutzen den Saft des weißen Germers für ihre Pfeilspitzen. Das ist eine Pflanze, die hier an den Hängen der Berge wächst. Leider haben wir noch kein Mittel gefunden, das die Wirkung neutralisiert. Das muss er nun ganz alleine schaffen."

Traurig schaut Milaileé den Zwerg an, dieser aber betont energisch: „Mein Bruder schafft das. Er hat die Konstitution eines Onyxpanthers. Ihr werdet sehen, in zwei Tagen ist er wieder ganz der Alte."

Ich hoffe, dass er recht behält. Ich mag die beiden Zwerge und ich möchte mir nicht ausmalen, was passiert, wenn einer von ihnen umkommt.

Nubgar übernimmt freiwillig die Nachtwache, da er ohnehin nicht schlafen können wird. Milaileé und ich schmiegen uns aneinander und ruhen uns aus. Eng umschlungen trotzen wir der Kälte und schlafen schnell ein. Als wir erwachen, beleuchten gerade die ersten Sonnenstrahlen das Plateau.

Nubgar sitzt noch immer an der Seite seines Bruders. Tatsächlich geht es Nubnus besser. Er ist zwar noch immer ohne Bewusstsein und sein Gesicht von einem Schweißfilm überzogen. Sein Atem geht jedoch ruhig und beruhigend gleichmäßig.

„Leg dich hin und ruhe dich aus. Ich werde über deinen Bruder wachen." Milaileé legt Nubgar die Hand auf die Schulter.

Tatsächlich steht dieser auf und legt sich erschöpft hin. In wenigen Augenblicken ist er eingeschlafen. Ich schnappe mir unsere Wasserbeutel und begebe mich zum Rand unseres Plateaus.

„Ich werde nach frischem Wasser suchen und bei dieser Gelegenheit die Gegend erkunden."

Sie nickt mir zu. „Wenn sich die Gelegenheit bietet, besorge uns auch ein wenig Fleisch. Nubnus wird kräftige Nahrung benötigen, wenn er erwacht."

Also schultere ich meinen Bogen und mache mich auf, den Pfad abwärts ins Tal zu erkunden. Im Licht des beginnenden Tages kann ich in der Tiefe einen lichten Fichtenwald erkennen. Wir sind sehr hoch. Der Pfad führt bestimmt dreihundert Meter hinab, bis er hinter den Bäumen verschwindet. Hinter dem kleinen Wäldchen erstreckt sich eine gewaltige Ebene. Vereinzelt wird diese von dichten Nebelbänken verhüllt, daher ist nicht viel zu erkennen.

Dahinter, am Horizont, erstreckt sich ein Gebirgszug. Unser Ziel.

Immer wieder bleibe ich stehen und lausche nach dem Geräusch von Wasser. Auch schaue ich mir die Vegetation an. Nachdem ich schon ein gutes Stück hinabgestiegen bin, kann ich das muntere Plätschern eines Baches hören. Vorsichtig klettere ich rechts in den Berghang hinein und finde tatsächlich ein kleines Rinnsal, das den Berg hinabfließt. Es einen Bach zu nennen, wäre vermessen, es ist gerade einmal eine Hand breit. Für meine Zwecke reicht es aber vollkommen. Ich fülle unsere Wasserschläuche auf und mache mich danach auf die Suche nach etwas Essbarem. Ich komme schnell zu dem Schluss, dass ich hier an der Felswand nichts finden werde.

Der Wald sieht da schon vielversprechender aus. Ich bringe zuerst die Schläuche ins Lager zurück und mache mich dann an den Abstieg in den Wald. Der Weg ist schmal, aber nicht schwer zu gehen, und ich komme gut voran.

Als ich den Wald betrete, bleibe ich zunächst stehen. Ich schließe die Augen, atme den würzigen Duft der Kiefern tief ein und lasse die Umgebung auf mich wirken. Dann mache ich mich an die Erkundung. Der Weg ist zwar einfach zu begehen, aber er führt auf dem Rückweg steil nach oben. So entscheide ich mich, dass ich auf die Jagd nach kleinen Tieren gehen werde. Einen Hirsch oder gar ein Wildschwein möchte ich da nicht hoch tragen müssen.

Endlich ist das Glück auf unserer Seite und ich entdecke mehrere Hasen, von denen ich zwei mit meinem Bogen erlegen kann. Viel ist es nicht, aber für uns vier wird es reichen.

Ich finde zusätzlich noch ein paar Wildkräuter und mache mich zufrieden an den Aufstieg zu unserem Lagerplatz. Ich schaffe es sogar, ein paar Äste für ein kleines Feuer zu schultern.

Als ich wieder oben ankomme, hat sich die Situation noch nicht geändert. Nubgar schläft tief und fest und sein Bruder ist weiterhin bewusstlos. Da der Tag noch lang ist, gebe ich die Hasen Milaileé zum Ausnehmen und Zubereiten und gehe wieder hinunter in den Wald. Ich besorge mehr Holz, damit wir ein vernünftiges Feuer zustande bekommen, auf dem wir einen einfachen Eintopf aus den beiden Hasen und den Kräutern zubereiten.

Am Nachmittag erwacht Nubgar und gesellt sich zu uns. Er sagt nichts und wir können die Sorge um seinen Bruder in seinen Augen erkennen. Doch da Nubnus kein Fieber mehr zu haben scheint, wird Nubgar bald etwas entspannter und gesprächiger.

Ich spreche ihn auf das Gebirge in der Ferne und meine Hoffnung an, bald an unserem Ziel anzukommen, doch er zerstört meinen Enthusiasmus rasch.

„Das Tal, das hinter dem Wald beginnt, ist nicht so eben, wie es den Anschein hat. Durch den teilweise immerwährenden Nebel ist verborgen, dass es sehr hügelig ist und man unversehens immer wieder in einem Moor oder Sumpf stehen kann. Und vergiss nicht, es handelt sich um das Land der Orks. Wir werden dort nicht einfach hindurch spazieren können. Wir müssen sehr vorsichtig sein, denn nach einem Tagesmarsch von hier aus gesehen, beginnt auch für uns unbekanntes Land."

Dann erklärt er mir noch, dass nur weil ich das Gebirge sehen kann, wir nicht unbedingt schnell dort sind. Es kann bis zu drei Wochen Fußmarsch weit weg sein.

„Und das auch nur in gerader Linie. Ich denke allerdings nicht, dass wir einen so einfachen Weg nehmen können. Wir werden die Siedlungen der Orks umgehen müssen", ergänzt er.

Ich habe nicht erwartet, dass es ein Spaziergang dorthin wird, aber drei Wochen Marsch durch Feindesland ist eine beunruhigende Aussicht.

Wir lassen etwas von dem Eintopf für Nubnus übrig und legen uns dann schlafen. Sein Bruder übernimmt die Nachtwache und Milaileé und ich schlafen aneinander gekuschelt ein. Kurz bevor mir die Augen zufallen, fällt mir auf, dass ihr Haar nach Honig und Kiefernadeln duftet. Der Geruch nach Steinstaub ist verflogen.

Am nächsten Morgen, als wir aufwachen, sind beide Zwerge schon auf den Beinen. Nubnus scheint es wieder erstaunlich gut zu gehen. Es ist, als hätte es die Vergiftung nie gegeben. Erleichtert beglückwünschen wir ihn zu seiner Genesung und hören von Nubgar nur ein: „Ich hab es euch doch gleich gesagt. Einen Zwergen haut es nicht so schnell um."

Aber wir merken auch, dass Nubnus noch eine Weile benötigt, um sich zu erholen. Er mag so tun, als würde es ihm gut gehen und dass das Gift keine Nachwirkungen hinterlassen hat.

Wir erwischen ihn allerdings dabei, wie er schon nach wenigen Schritten nach Luft schnappt und sich setzen muss. Wir beschließen, ihm noch eine weitere Nacht auf dem Plateau zur Erholung zu gönnen. Wir nutzen den Tag, um unsere Ausrüstung zu inspizieren. Unsere Kleidung hat bei dem Stolleneinsturz arg gelitten und bedarf einiger Ausbesserungsarbeiten.

Die Zwerge müssen mit ihrer Metallrüstung nichts weiter anstellen, als sie zu putzen. Wir vertreiben uns die Zeit, indem wir die Zwerge nach den Orks fragen.

„Eine uralte Feindschaft besteht zwischen uns und den Orks. Wann immer wir uns begegnen, kommt es zum Kampf. Das war schon immer so. Auch in der alten Zeit, vor dem Krieg der Rassen, waren die Orks keine sehr beliebten Zeitgenossen. Wir haben uns nicht viel um ihre Gemeinschaft gekümmert. Soweit wir wissen, haben die Orks zwar einen König oder etwas ähnliches, seine genaue Funktion ist aber unbekannt. Dieser Orkkönig regiert nicht an einem festen Ort, wie euer Rat. Ich bin mir auch gar nicht sicher, ob er sehr viel zu sagen hat oder ob es sich eher um eine rituelle Position handelt."

Nubnus deutet auf das Tal unter uns. „Die Orks leben in einzelnen Stämmen über das gesamte Land verteilt. Bei ihnen herrscht das Recht des Stärkeren und genauso häufig, wie sie andere Völker angreifen, führen sie Krieg untereinander." Er schaut uns an. „Ein Ork ist zuallererst immer ein Krieger. Es gibt wohl auch Bauern unter ihnen, aber das ist eher eine Nebenbeschäftigung. Jeder einzelne von ihnen wurde seit seiner Geburt auf den Kampf trainiert und verbringt sein gesamtes Leben mit Krieg. Das bedeutet, dass auch ein alter, gebrechlicher Ork, wenn es ihn denn geben würde, ein ernstzunehmender Gegner ist." Er zuckt mit den Schultern. „Ich habe allerdings noch nie einen alten Ork gesehen. Bei ihrer Lebensweise werden sie wohl nicht alt." Der Zwerg schüttelt den Kopf. „Wir wissen nicht, wo ihre Siedlungen liegen oder wie diese aufgebaut sind, noch wissen wir irgendetwas über ihre gesellschaftlichen Strukturen."

Naja, das ist nicht sonderlich viel, aber wer sind wir, uns über das mangelnde Wissen der Zwerge zu beschweren. Mein Volk weiß ja auch nicht mehr. Wir werden eben vorsichtig sein müssen.

Am nächsten Morgen geht es Nubnus wieder so weit gut, dass wir aufbrechen können. Im Gänsemarsch steigen wir den Pfad zum Wald hinab. Wie ich zwei Tage zuvor, bleibt auch Milaileé einen Augenblick stehen und genießt die Atmosphäre des Waldes. Wir besprechen uns kurz und beschließen, heute nur durch den Wald bis zum Rand der Ebene zu ziehen. Den sollten wir gegen Mittag erreichen.

Den Nachmittag wollen wir nutzen, die Vorräte aufzustocken, denn Nubnus und Nubgar bezweifeln, dass wir in dem Land, das vor uns liegt, genießbare Nahrung finden werden. Da wir uns vor den Orks vorsehen müssen, können wir nicht einfach in dem unbekannten Land auf die Jagd gehen. Unsere Feinde müssen auch etwas essen, aber die Brüder wissen nicht, ob die Orks Schafe oder ähnliche Tiere halten. Vielleicht durchstreifen ihre Jäger die Ebene nach Nahrung und wir müssen hinter jedem Hügel mit ihnen rechnen.

Während ich mit Milaileé durch das Wäldchen streife und wir nach Beutetieren und wildem Gemüse Ausschau halten, überlegen sich die Zwerge, wie wir weiter vorgehen sollen. Wir können einen jungen Hirsch erlegen und finden jede Menge Dreiblatt.

Der Sommer ist schon fortgeschritten, daher gibt es ausreichend wildes Gemüse, das nur eingesammelt werden muss. Nach den tagelangen Rationen von Stollenschwein ist es eine willkommene Abwechslung.

Da wir dank der Bäume nicht befürchten müssen, dass der Rauch unseres Feuers gesehen wird, widmen wir uns der Herstellung von Trocken- und Räucherfleisch.

Wir wissen nicht, wo die Orks ihre Siedlungen haben, daher werden wir zuerst versuchen, in einer möglichst geraden Linie das Land zu durchqueren. Wir gehen allerdings davon aus, dass dieser Plan nicht lange halten wird. Wir wollen, wann immer es möglich ist, die Hügelkuppen meiden und uns in den Talsenken bewegen. Mit etwas Glück werden wir auf diesem Wege nicht sofort entdeckt und kommen unserem Ziel ein gutes Stück näher, bevor es schwierig wird.

Nach den stillen Nächten in den Zwergenstollen ist es eine richtige Wohltat, die nächtlichen Geräusche des Waldes zu hören. Das Rascheln der Tiere im Unterholz, das Rauschen des Windes in den Zweigen der Bäume lassen mich an zu Hause denken. Mir wird jetzt erst bewusst, wie ich das vermisst habe.

Am folgenden Morgen brechen wir früh auf. In der Nacht ist Nebel aufgezogen und dieser verzieht sich nur langsam. Wir lassen den Wald hinter uns und betreten eine grasbewachsene Ebene. Ganze Felder von in der Sonne leuchtenden Blumen erstrecken sich vor uns und gelegentlich können wir kleine Baumgruppen erkennen.

Als der Nebel sich endlich gelichtet hat, fällt unser Blick auf eine in goldenes Licht getauchte Ebene, die fast vollständig mit Gras bewachsen ist. Die Bäume haben wir hinter uns gelassen und nur noch selten sehen wir einen einsam auf einem Hügel stehen. Das frische Grün wandelt sich im Laufe unseres Marsches in eine goldgelbe Farbe. Das Gras ist hier auch höher gewachsen und von seltsamer Form. Die Halme sind teilweise zwei Handspannen hoch und messerscharf. Ohne vernünftiges Schuhwerk und Beinkleidung würde man nach wenigen Schritten an den Beinen aufgeschnitten sein. Die Geräusche der Tiere sind schon lange verstummt. In dieser seltsamen Landschaft scheinen wir die einzigen Lebewesen zu sein. Vögel sind auch keine zu sehen. Nur der Wind, der leicht aus Norden weht, erzeugt ein seltsames Knistern in diesem Meer aus Klingengras.

Irgendwann halten wir an und besprechen unsere Lage.

„Das Gras wird immer höher. Nun ist es schon einen Meter hoch und wir müssen uns den Weg durch einen Messerwald bahnen." Nubnus tritt verdrießlich einige Grashalme nieder, die sich jedoch sofort wieder aufrichten.

Ich kann seinen Unmut nachvollziehen, glaube aber, dass uns gar keine andere Wahl bleibt.

„Wir wissen nicht, wie weit sich dieses Gras nach Osten und Westen erstreckt. Umgehen können wir es daher nicht. Außer wir riskieren einen wochenlangen Umweg."

Beide Zwerge seufzen einvernehmlich. „Irgendwann muss dieses blöde Gras ja zu Ende sein. Unsere Äxte sind scharf, wir mähen uns eine Schneise.

Sicherlich werden die Orks nicht so dämlich sein, sich in dieser ungemütlichen Gegend aufzuhalten. Hier gibt es nichts außer diesem Gras. Somit werden wir sicherlich nicht weiter auffallen."

Nubgar lässt seine Axt kreisen und mit einem knisternden Geräusch fallen einige Grashalme zu Boden. Ich behalte den Gedanken für mich, dass die Th'sch Snotrin uns aus der Luft mit Sicherheit entdecken werden. Und wir haben den letzten Pfeil für den Hirsch verschossen.

Die Zwerge voran schlagen wir uns einen Weg durch das von mir so getaufte Klingengras. Tatsächlich werden die Halme immer höher und die beiden Brüder können schon bald nicht mehr darüber hinweg schauen. Brummig und mit zusehends schlechter Laune hacken sie auf das Gras ein. Mit einem Mal hört das Gras auf. Nubnus hackt ins Leere und wäre vor Überraschung beinahe gestürzt.

Vor uns erstreckt sich ein riesiges Moor. Braungrüne Erdhaufen erheben sich zwischen schlammigen Kanälen und kleinen wie großen Tümpeln mit Brackwasser. Der Geruch nach verrottenden Pflanzen und nach Schwefel liegt über der Landschaft und wir müssen flach atmen.

„Das ist ja ganz toll. Entweder gehen wir in das Moor oder wir gehen durch dieses Monstergras zurück." Milaileé meckert leise vor sich hin.

Ich stimme ihr im Stillen zu. Ein Marsch durch ein unbekanntes Moor ist nicht unbedingt nach meinem Geschmack. Durch das Gras möchte ich allerdings auch nicht zurück. Ich bin froh, nur eine Handvoll unangenehmer Schnitte davongetragen zu haben.

Nubnus entscheidet schließlich, wie wir weiter vorgehen werden.

„Ich werde nicht durch das Moor gehen, nur um ein paar Tage zu sparen. Und zurück durch dieses vermaledeite Gras gehe ich erst recht nicht. Wir gehen am Rande des Moores nach Westen. Wir wissen, dass es in diesem Land viele Moorgebiete gibt, aber sie können nicht allzu groß sein. Irgendwann muss es schließlich zu Ende sein. Mit den Bergen am Horizont wissen wir, wenn wir zu weit vom Weg abkommen. Es wird uns sicherlich nur wenige Tage kosten, am Moor entlang zu gehen." Der Zwerg dreht sich zu uns um. „Irgendwann werden wir wieder festen Boden erreichen und dieses Gras kann ja auch nicht unendlich so weitergehen. Für heute lassen wir es erst einmal gut sein und bleiben hier."

Wir ziehen uns in das Gras zurück und die Zwerge roden einen größeren Bereich, damit wir uns ein Nachtlager errichten können.

Auf ein Feuer verzichten wir mangels geeignetem Brennmaterial. Als wir uns zur Ruhe begeben wollen, leuchtet in der Ferne über dem Moor ein blaues Licht auf. Es verschwindet so schnell, wie es gekommen ist, und die Dunkelheit senkt sich wieder über uns. Wir schauen uns an.

„Das war genau dasselbe blaue Licht, das wir damals bei den Goblins gesehen haben."

Unsere Reise wird spannender als gedacht. Auf der einen Seite bin ich neugierig, was es mit dem Leuchten auf sich hat, auf der anderen bin ich auch nicht sonderlich begierig, magiebegabten Orks zu begegnen.

Nubgar spuckt aus. „Magie. Darauf kann ich getrost verzichten." Sein Bruder pflichtet ihm bei und beide wenden sich angewidert ab.

Wir teilen unsere Wachen ein und legen uns Schlafen. Ich versuche, in der Dunkelheit über dem Moor etwas zu erkennen, aber die Nacht hüllt das Land in tiefe Finsternis. Das blaue Leuchten wiederholt sich nicht.

Der nächste Tag beginnt mit dichtem Nebel. Wir können die scharfen Grashalme direkt vor uns sehen, dahinter ist nichts als grauer Dunst. Der Nebel verschluckt alle Geräusche und wir tasten uns vorsichtig zwischen dem Moor und dem Graswald entlang. Solange wir das Moor zu unserer Rechten haben, gehen wir nach Westen. Zumindest in etwa. Durch den Nebel würden wir nicht mitbekommen, wenn es eine Biegung macht. Am Sonnenstand können wir uns ebenfalls nicht richten, aber verlaufen können wir uns auf diese Weise nicht.

Irgendwann hören wir ein leises Plätschern. Wir halten inne und starren angespannt in den Nebel. Dieser scheint sich nicht lichten zu wollen und die Geräusche des Moores dringen nur gedämpft zu uns. Als dieses Geräusch das nächste Mal zu hören ist, meinen wir, auch einen leisen, spitzen Schrei zu hören. Der Schrei bricht abrupt ab, dann herrscht wieder gespenstische Stille.

Auf das Äußerste konzentriert und mit den Waffen in der Hand bewegen wir uns vorsichtig weiter. Man verliert in so einem Nebel schnell das Zeitgefühl. Es kommt mir vor, als wären wir schon stundenlang unterwegs. Wenn ich die trübe Helligkeit allerdings richtig einschätze, haben wir noch nicht einmal Mittag. Das Geräusch ist nicht wieder aufgetaucht. Dafür sind andere zu hören. Immer mal wieder hören wir ein träges Blubbern, wie wenn Luftblasen aus dem Wasser an die Oberfläche steigen.

An einer Stelle kommen wir dicht an einem kleinen, ölig-schwarzen Wassertümpel vorbei und können die Blasen sehen, die diese Geräusche verursachen. Über diesem Ort hängt ein Gestank wie von faulenden Eiern. Ganz langsam steigen diese Gasblasen auf, blähen sich auf und zerplatzen schließlich mit einem leisen ‚Plopp'.

„Das ist das Gas der Pflanzen, die sich am Grund zersetzen. Besser man hat hier kein offenes Feuer dabei. Mit etwas Pech setzt man das ganze Moor in Brand." Nubgar wedelt mit seiner Laterne herum.

Nun wird mir auch klar, warum sie diese heute Morgen nicht entzündet haben. Nicht dass es wirklich etwas gebracht hätte bei dieser Nebelwand.

Sein Bruder ergänzt: „Es soll hier in diesem Landstrich sogenannte ewige Feuer geben. Irgendwann hat jemand das ausströmende Gas entzündet und seitdem brennt es und lässt sich nicht löschen."

„Ewiges Feuer. Das hört sich schön an. Wenn es dabei nur nicht so stinken würde." Milaileé rümpft die Nase.

Sie hat recht. Mit jeder geplatzten Gasblase kommt ein Schwall Schwefelgestank zu uns herübergeweht. Wir atmen nur flach und durch ein Tuch, das wir uns vor das Gesicht halten.

Vorsichtig gehen wir weiter. Die Stimmung ist gedrückt und wir sind inzwischen durchnässt, denn der Nebel dringt in jedes Kleidungsstück ein. Wenigstens können uns die Orks bei diesem Wetter genauso wenig sehen wie wir sie. Selbst die Fliegeviecher werden uns wohl in Ruhe lassen.

Nachdem wir uns eine weitere Stunde durch den Nebel getastet haben, läuft mir ein eisiger Schauer den Rücken hinunter.

Ich kann nicht genau sagen, was mich gewarnt hat, aber ich spüre, dass etwas nicht stimmt. Ich lausche angestrengt in den Nebel. Ich bedeute den anderen, stehen zu bleiben. Von der rechten Seite höre ich ein leises Rauschen, als wenn der Kiel eines Bootes über einen Wellenkamm gleitet. Irgendetwas stimmt mit dem Geräusch aber nicht.

Milaileé hört es jetzt auch und als wir das Tropfen von Wasser vernehmen können, packen wir die erstaunten Zwerge am Kragen und reißen sie zurück. Keinen Moment zu früh. Da, wo die beiden eben noch gestanden haben, schießt ein mächtiger Schädel aus dem Moor heran. Die kräftigen Kiefer schließen sich nur um leere Luft. Schnell zieht der Kopf sich wieder zurück und verschwindet im Nebel.

Das, was wir sehen konnten, hatte starke Ähnlichkeit mit einer Eidechse. Einer großen, sehr großen Eidechse. Die Haut hatte eine braungraue Färbung wie das Wasser und der Nebel tut ein Übriges, dass wir nichts Genaues erkennen können. Wir ziehen uns hastig in das Klingengras zurück, was einige weitere Schnitte an den Händen zur Folge hat. Vorsicht warten wir ab und lauschen angestrengt in den Nebel. Das Monster zeigt sich aber nicht erneut.

„Ich bin dafür, wieder zu den Kobolden zurückzugehen." Milaileé schüttelt sich. „Da haben wir uns für welterfahren gehalten und kennen von den Tieren und Wesen außerhalb unseres eigenen Landes gar nichts."

Auch die beiden Brüder sind erschüttert und starren aufmerksam in den Nebel.

Ich muss ihr zustimmen und schließe mich ihren Gedanken an.

„Wenn dies hier vorbei ist, sollten wir in die Welt ziehen und die verschiedenen Länder und Lebewesen kennenlernen."

In Gedanken sehe ich Milaileé und mich, wie wir gemeinsam zu Pferd die Lande der Menschen durchstreifen und ab und zu in die Heimat zurückkehren, um dort unsere Berichte abzugeben.

Nachdem wir noch eine Weile abgewartet haben, gehen wir vorsichtig weiter. Immer wieder halten wir inne und versuchen, verdächtige Geräusche zu entdecken. Aber das Viech hat wohl eine einfachere Beute gefunden. An diesem Abend ziehen wir uns weit in das Gras zurück.

Am folgenden Morgen hat sich der Nebel aufgelöst und wir können das Moor in seiner ganzen Pracht sehen. Ein Ende ist nicht zu erkennen. Weder im Norden noch im Westen. Es gibt vereinzelte Inseln, auf denen sogar Bäume wachsen. Dazwischen befinden sich Wasserlöcher und immer wieder diese ölige Substanz, von der Blasen in verschiedenster Größe aufsteigen. Leider ist uns der Weg zu den Inseln versperrt und uns bleibt nichts anderes übrig, als weiter darum herum zu gehen.

Da wir jetzt die Umgebung besser im Auge behalten können, kommen wir schneller voran. Zuerst merken wir es kaum, aber dann wird deutlich, dass das Gras wieder niedriger wird. Endlich erreichen wir das Ende dieser gefährlichen Graslandschaft.

Da es uns nun aber auch nicht mehr vor unerwünschten Blicken schützt, werden Milaileé und ich abwechselnd den Weg vor uns auskundschaften, damit wir keine böse Überraschung erleben. Ich mache den Anfang und gehe voraus. Ich kann erkennen, dass in der Ferne das Gras wieder seine übliche Höhe besitzt.

Auch nimmt es allmählich wieder eine grüne Farbe an. Einen kleinen Wald entdecke ich ebenfalls. Naja, eher ein Hain als ein Wald. Diesen nehme ich als Ziel, denn wir können dort unser Lager geschützt vor unerwünschten Blicken aufschlagen. Ich suche die Umgebung ab, kann aber nichts Verdächtiges feststellen. Die Ebene ist hier flach und überschaubar und auch das Moor kann ich weit überblicken.

Als ich den Hain erreiche, stelle ich fest, dass er eine Wegmarkierung darstellt. Das Moor dehnt sich nicht mehr weiter nach Westen aus. Von hier aus können wir wieder nach Norden schwenken. Ich kehre zu den anderen zurück und beschwingten Schrittes eilen wir auf die Baumgruppe zu.

Da unsere Kleidung noch immer feucht ist, riskieren wir ein kleines Feuer, um sie zu trocknen. Die Vorräte sind einigermaßen verschont geblieben. Wir können nicht die kleinste Spur von Leben entdecken. Sicherlich meiden die Tiere das Moor und seine gefährlichen Bewohner. Wir überlegen, etwas weiter entfernt von ihm nach Norden zu gehen. Doch jetzt genießen wir erst einmal den dürftigen Schutz der Bäume.

Milaileé und ich gehen auf die Suche nach Ästen, die sich für ein paar neue Pfeile eignen. Das Holz ist allerdings zu krumm, um ein anständiges Geschoss daraus zu fertigen. Es fehlen auch die Federn. Vögel können wir immer noch nicht sehen. Wir werden vermutlich länger ohne auskommen müssen.

Als wir wieder aufbrechen, gehen wir noch eine Stunde weiter nach Westen, bis wir in Richtung Gebirge abbiegen. Hier wächst wieder normales Gras. Sanft zieht sich die Ebene dahin.

Ab und zu können wir sogar einige Kaninchen sehen, die sich über das frische Gras hermachen. Da wir derzeit keine geeigneten Jagdwerkzeuge besitzen, haben sie Glück gehabt.

Wir marschieren heute ohne Pause nach Norden. Als die Dunkelheit einsetzt, haben wir keine passende Rastmöglichkeit gefunden. So bleibt uns nichts anderes übrig, als auf offenem Feld zu rasten. Auf ein Feuer verzichten wir und das erweist sich als gute Entscheidung. Wir hätten den Rauch, der aus dem Norden zu uns herüber weht, ansonsten vielleicht nicht gerochen. Einen Feuerschein können wir allerdings nicht entdecken. Vorsichtig schleichen Milaileé und ich in die Richtung, in der wir das Feuer vermuten.

„Was meinst du? Es können eigentlich nur Orks sein."

Ich bin derselben Meinung.

Wir kommen nach einer Weile an eine Senke. Nun können wir auch den Feuerschein erkennen. In der Senke liegt eine Siedlung der Orks. Ein paar Hütten aus Holz, grob zusammengezimmert, stehen in einem Kreis. Wir schauen uns das Lager eine Weile an. Mehrere Orks sitzen um das Feuer herum und essen. Gesprochen wird nicht, was mich wundert. Sie scheinen auf irgendetwas zu warten. Wachen können wir nicht sehen und die versammelten Orks haben ihre Waffen offenbar in den Hütten gelassen. Außer Messern und Dolchen, mit denen sie dem Braten zu Leibe rücken, der sich über einem großen Feuer dreht, haben sie nichts bei sich. Sie fühlen sich sicher.

Wir kehren rasch zu den Zwergen zurück und berichten von unserer Entdeckung.

Unsere Nachtruhe hat sich damit erledigt, denn wir wollen im Schutz der Dunkelheit an dieser Siedlung vorbei schleichen, auch wenn sie sehr klein ist.

Wir schlagen einen weiten Bogen nach Osten, wieder zum Moor hin. Als wir sicher sind, genügend Abstand zu haben, wandern wir die halbe Nacht weiter. Irgendwann finden wir ein Gebüsch, das uns einigermaßen vor neugierigen Blicken schützt. Dort lassen wir uns nieder und versuchen, ein wenig zu schlafen. Wirkliche Ruhe finden wir nicht, sodass wir schon beim ersten Dämmerlicht aufbrechen.

Da wir sicher sind, dass die Orks nicht im Moor leben, sichern Milaileé und ich nach Norden und Westen ab und lassen den Osten unbeobachtet. In dieser Landschaft kann man sich nicht verstecken, also bemühen wir uns, jede Gefahr weiträumig zu umgehen. Zwar nehmen die Hügel zu und auch die Vegetation wird allmählich üppiger, aber sicher sind wir noch lange nicht. Zumal wir nicht wissen, wann wir auf eine weitere Siedlung stoßen.

Diese lässt nicht allzu lange auf sich warten. Dieses Mal kündigt sie sich schon aus weiter Entfernung an. Wir hören die Orks lautstark streiten. Verstehen können wir kein Wort, aber dass es sich um einen Zwist handelt, ist eindeutig.

Wir schleichen alle vier an die Siedlung heran. Diese ist viel größer als die erste. Wir zählen zehn Hütten und eine in die Wand der Senke gegrabene Höhle. Vor dieser haben sich zwanzig Orks versammelt und umringen zwei riesige Exemplare, die sich lauernd umkreisen. Beide halten zwei lange Stöcke in der Hand, an deren Ende sich eine Art Sichel befindet. Sie beschimpfen sich lautstark, von der Meute um sie herum angefeuert.

Dann, wie auf ein Kommando, gehen sie aufeinander los. Die Urgewalt, mit der die beiden aufeinandertreffen, ist bis zu unserem Aussichtspunkt zu spüren. Funkensprühend kreuzen sich die beiden Sichelklingen. Mit einer weit ausholenden Bewegung versucht der eine, dem anderen die Beine wegzufegen. Dieser springt hoch in die Luft und lässt seine Waffe auf den anderen niedersausen. Dieser wiederum weicht aus und führt die Klinge mit seiner eigenen harmlos an sich vorbei. Nun lassen sie voneinander ab und umkreisen sich wieder. Dann führt der Linke seinen Sichelstab von unten schräg nach oben, um seinen Gegner längs aufzuschneiden. Der lässt sich nicht beeindrucken, geht sogar noch einen Schritt näher und versucht, seinen Gegner mit einer ausholenden Bewegung zu köpfen.

Nubgar kriecht zu uns heran. „Das scheint ein Streit um die Führerschaft zu sein. Seht ihr den rechten Ork?" Als ob man ihn übersehen könnte! Aber der Zwerg hat nicht wirklich eine Antwort erwartet und fährt fort: „Seine Kette weist ihn als Häuptling des Stammes aus. Der andere ist anscheinend jemand, der gerne Häuptling werden möchte."

Milaileé nickt verstehend. „Um der neue Häuptling zu werden, muss er den alten im Kampf besiegen. So gehen sie sicher, dass nur der Stärkste die Meute anführt."

„Das ist richtig", erwidert Nubnus. „Das kann, wenn wir Glück haben, noch lange dauern und wir sollten möglichst weit weg sein, wenn eine Entscheidung fällt."

„Wann ist der Kampf beendet?" Ich würde schon gerne weiter zusehen, denn der Kampf dieser beiden ist sehr spannend.

Aber der Zwerg schüttelt den Kopf. „Der Kampf endet, wenn einer siegt und den Kopf des Verlierers in das Feuer wirft. Dann wird es hier ungemütlich, denn dann wird hier eine Party auf orkisch stattfinden. Wenn wir dann entdeckt werden, landen wir mit Sicherheit als Mahlzeit auf dem Buffet."

Mit diesen Worten schiebt er sich langsam zurück. Mit einem kurzen Bedauern folgen wir ihm. Wir gehen dieses Mal eine weite Strecke zurück und dann einen Bogen von zwei Stunden, um dieses Spektakel so weit wie möglich zu umgehen. Der Lärm der Kämpfenden begleitet uns noch eine Weile, dann sind wir wieder alleine in der Landschaft unterwegs. Auch wenn mich der Ausgang dieses Kampfes sehr interessiert, so habe ich auch meine Bedenken. Die beiden Zwerge haben sicherlich keine Angst vor einem guten Gegner, aber sie sind auch keine Selbstmörder. Wenn also die beiden schon einer Begegnung aus dem Wege gehen, tue ich gut daran, mich ihnen anzuschließen.

Wir marschieren bis weit in die Nacht hinein, bis wir lagern. Später am folgenden Tag sehen wir in der Ferne die Silhouette eines kleinen Waldes. Diesen nehmen wir als Ziel für die heutige Etappe, denn wir fühlen uns auf der offenen Ebene ohne die geringste Deckung nicht wirklich wohl und wollen uns beeilen, in den Schutz der Bäume zu kommen.

Leider sind wir so auf den Wald fixiert, dass wir unvorsichtig werden. Um die Mittagszeit herum stehen wir auf einer kleinen Hügelkuppe und schauen die Gestalten auf der gegenüberliegenden Seite erschrocken an. Die fünf Orks, die dort stehen, sehen nicht minder erstaunt aus.

Sie lassen ihre Beute, ein Bündel mit Kaninchen, fallen, greifen nach ihren Waffen und kommen langsam auf uns zu. Da wir keine andere Möglichkeit haben, tun wir es ihnen gleich und machen uns bereit. Ich nehme den Bogen und greife zu meinen Köcher, aber meine Hand greift ins Leere. Mist, wir haben keine Geschosse mehr, das hatte ich vergessen. Ich ziehe mein Schwert und suche mir einen Gegner aus.

Anders als die beiden Kämpfer in dem Lager haben diese keine Klingenstäbe dabei, dafür seltsam geformte Äxte. Die Speere, die sie eben noch in den Händen gehalten hatten, haben sie bei ihrer Jagdbeute abgelegt und sich die Äxte gegriffen. Diese haben einen doppelten Kopf und die Klinge ist nicht nach hinten gebogen, wie ich es von einer Holzfälleraxt oder auch den Waffen der Zwerge kenne, sondern wie eine dünne Mondsichel nach vorne gekrümmt. Anders als bei den Goblins und Kobolden sind diese Waffen nicht rostig oder schartig, sondern glänzen im Licht der Mittagssonne. Glücklicherweise haben sie keine Rüstung an, sondern einfache Lederkleidung. Die Beine stecken in Stiefeln, sind aber bis zu einer Art Lendenschurz frei. Die Arme ebenso. Nur der Oberkörper ist vollständig mit grobem Leder verhüllt. Die Narben, die die sichtbaren Stellen an den Körpern bedecken, zeugen von vielen bestandenen Kämpfen und ich wünsche mir zum wiederholten Mal zwanzig Pfeile herbei. Leider bleibt es bei dem Wunsch.

Wir haben gerade auf der Hügelkuppe unsere Stellung bezogen, als die Orks auch schon heran sind. Sie greifen nicht wild und unüberlegt an, wie ich eigentlich erwartet habe. Jeder von ihnen scheint sich einen von uns als Gegner ausgesucht zu haben.

Langsam und mit ruhigen Schritten kommen vier von ihnen auf uns zu. Der fünfte bleibt im Hintergrund und scheint bereitzustehen, wenn seine Hilfe benötigt wird.

Mir bleibt nicht viel Zeit, mich über die Fairness der Orks zu wundern, denn der riesige Ork, der mir entgegen kommt, fordert meine ganze Aufmerksamkeit. Gebannt muss ich seine gewaltige Waffe anstarren. Ich wende den Blick mühsam von der Waffe meines Gegners ab und konzentriere mich auf seine Bewegungen. Sein Angriff ist nicht so wild und ungestüm, wie ich befürchtet habe. Er scheint mich erst einmal einschätzen zu wollen.

So umkreisen wir uns lauernd und abwartend. Dann verlässt ihn die Geduld und er beginnt. Seinem ersten, schräg von oben geführten Hieb kann ich ausweichen, jedoch führt er die Klinge sofort in einem Rückhandschlag herum und ich muss diesen mit meinem Schwert blockieren, um nicht meinen Arm zu verlieren. Danach trennen wir uns wieder voneinander.

Jetzt versuche ich mein Glück. Ich täusche einen Stich zu seinem rechten Knie an, springe dann hoch und versuche ihm, ebenfalls von oben, den Kopf abzutrennen.

Leider fällt er nicht darauf herein und er wischt mein Schwert mit Leichtigkeit beiseite. Ich komme dabei aus dem Gleichgewicht und muss mich abrollen. Dreck spritzt mir in die Augen, als die Axt sich an der Stelle in die Erde gräbt, wo ich einen Herzschlag zuvor noch gelegen habe. Ich komme gerade rechtzeitig wieder auf die Beine und muss mit meinem Schwert einen wuchtigen Schlag auffangen, der mich sonst wohl gespalten hätte.

Der Schlag geht durch meine Arme bis in die Beine und ich wäre beinahe ein weiteres Mal am Boden gelandet.

Ich weiche nicht zurück, um ihm nicht meinen Rücken ungeschützt darzubieten, sondern drehe mich zu dem Ork hin. Damit hat er nicht gerechnet und ich kann meine Klinge über seinen Oberarm ziehen. Leider ohne Erfolg. An der Stelle, wo die Klinge in das Fleisch schneiden soll, glüht es nur einmal kurz blau auf. Was zum …?

Ich weiche zurück und erlaube mir einen Blick zu meinen Gefährten. Sie scheinen dieselbe Erfahrung gemacht zu haben, denn ungläubig schauen sie sich um. Mein Gegner lacht und breitet die Hände aus, wie um mich einzuladen, ihn zu schlagen. Wir können unsere Gegner anscheinend nicht verletzen. Keine sehr erfreuliche Entwicklung. Dieses kurze blaue Aufleuchten erinnert mich an das blaue Licht, das wir damals bei den Goblins gesehen haben.

Ich nutze die Atempause, die die Orks uns gönnen, um nach dem fünften zu sehen. Dieser sitzt mit geschlossenen Augen am Boden und murmelt vor sich hin.

Eine Befürchtung wächst in mir heran. „Der fünfte von ihnen, das ist ein Zauberer. Er versorgt die anderen mit diesem Schutz!"

Ich rufe meine Erkenntnis laut aus und kann die Zwerge fluchen hören. Ich kann mich ihnen nur anschließen. Wir müssen an unseren Gegnern vorbei, um an den Sitzenden zu kommen. Auch wenn wir unsere Gegner nicht verletzen können, greifen wir sie weiter an und versuchen, an ihnen vorbei zu kommen. Wenn wir den Zauberer ausschalten können, dann können wir vielleicht auch die anderen vier besiegen.

Leider haben sie unser Vorhaben durchschaut.

Sie geben uns keine Möglichkeit, zu unserem Ziel zu kommen. Immer wieder renne ich gegen eine Mauer und meinen Gefährten geht es genauso. Wir bluten inzwischen aus zahlreichen Wunden und unsere Gegner sind noch immer frisch und unverletzt. Das kann nicht mehr lange gutgehen.

Ein weiterer Versuch, um meinen Gegner herumzukommen, scheitert, als Nubgar uns seinen Plan zuruft: „Kümmert ihr zwei euch um den Zauberork. Mein Bruder und ich beschäftigen die anderen so lange. Wartet, bis ich euch Bescheid gebe, dann kümmert ihr euch ausschließlich um den Zauberer und überlasst die anderen uns."

Milaileé und ich schaffen es tatsächlich, dichter zueinander zu kommen. Dann höre ich die Zwerge hinter uns und Nubgar schreit laut: „Jetzt!"

Ohne zu zögern lassen wir von unseren Gegnern ab und vertrauen auf die Zwerge. Es ist nicht einfach, aber die Zwerge nehmen sich unsere Gegner vor, ohne auf ihre Rücken zu achten. Nun haben sie es mit vier Gegnern zu tun und wir können ihnen nur helfen, indem wir den Zauberer schnellstmöglich ausschalten. So leicht kommen wir aber nicht an ihnen vorbei und erst als die Zwerge uns unterstützen, gelingt uns der Plan. Sie stellen sich vor uns, sodass wir mit einem kurzen Anlauf auf ihre Schultern springen und mit dem Schwung über die Orks hinwegsetzen können. Ich muss im Sprung die Sichelklinge eines Orks beiseite wischen. Sie brüllen erschrocken auf, können aber nichts ausrichten, denn die Zwerge wüten nun unter ihnen, ohne Rücksicht auf sich selbst.

Der Zauberer hat jedoch bemerkt, was los ist, und sich erhoben. Er hält keine Axt, aber der Stab, den er uns entgegenstreckt, ist auf jedem Ende mit einer axtähnlichen Schneide versehen. Da er aber mit seinem seltsamen Gemurmel aufgehört hat, schöpfen wir ein wenig Hoffnung, dass unser Plan vielleicht doch funktionieren könnte. Wir nehmen ihn in die Zange, was ihn aber nicht zu stören scheint. Er wirbelt seine Waffe um seinen Körper und dreht sich selbst dabei um die eigene Achse.

So haben Milaileé und ich erst einmal alle Hände voll zu tun, selber am Leben zu bleiben. Irgendwann haben wir einen Rhythmus gefunden und können unseren Gegner ein wenig vor uns her treiben. Dann gelingt es mir, einen Hieb, der mich in zwei Hälften spalten soll, mit meinem Schwert zu übernehmen und seine Waffe in den Boden zu führen. Die eine Sekunde, die er benötigt, seine Waffe zu befreien, reicht Milaileé aus. Sie springt mit einem Satz zwischen uns und schaltet unseren Gegner mit einem Streich über die Kehle aus. Mit einem ungläubigen Blick sinkt er langsam zu Boden.

Als wir uns den anderen zuwenden, haben die Zwerge zwei der Orks zu Boden gebracht und beschäftigen gerade den dritten. Milaileé und ich kümmern uns um den letzten. Da sie den magischen Schutz verloren haben, sind sie nicht mehr ganz so selbstsicher. Nun rächt sich ihre mangelhafte Ausrüstung. Hätten sie vernünftige Rüstung getragen, hätten wir deutlich mehr Schwierigkeiten. Zu zweit schaffen wir es in wenigen Augenblicken und auch die Zwerge sind mit ihrem Ork fertig.

„Ich hasse Magie!" Nubgar spuckt aus und nimmt sich eine der seltsamen Waffen der Orks. „Aber ihre Waffen sind interessant."

Er holt mit seiner eigenen Waffe aus und kappt den Schaft der Waffe, sodass sie etwa so lang ist wie seine eigene. Er schwingt sie ein paar Mal, nickt zufrieden. Sein Bruder tut es ihm gleich und mit einem seligen Lächeln probieren sie ihre neuen Spielzeuge aus.

„Ich störe euch ja nur ungern, aber wir sollten hier nicht zu lange bleiben." Ich habe das ungute Gefühl, dass diese Jagdgesellschaft bald vermisst werden wird.

Wir untersuchen den Zauberer nach irgendwelchen Artefakten, finden aber nichts weiter. Wir nehmen die Beute der Orks, einige fette Hasen, an uns und marschieren weiter in Richtung Wald. Wir gehen schnell, damit wir ihn noch vor Einbruch der Dunkelheit erreichen. Auf unserem Weg treffen wir auf keine weiteren Orks. Weder einzelne noch irgendwelche Siedlungen. Ich kann kaum glauben, was wir für ein Glück haben. Misstrauisch schaue ich mich immer wieder um, aber es ist kein Ork weit und breit zu sehen.

Als die Sonne verschwindet, erreichen wir den Waldrand. Wir ziehen uns hinter die Baumgrenze zurück, bereiten unser Nachtlager und kümmern uns um unsere Wunden. Mehr als ein paar leichte Schnitte und Kratzer sind es glücklicherweise nicht.

Milaileé schaut gedankenverloren in die Dunkelheit. „Was meint ihr, wie lange brauchen wir noch, bis wir das Gebirge erreichen?"

Nubnus überlegt einen Augenblick. „Ich denke, drei bis vier Tage werden wir schon noch unterwegs sein. Wir befinden uns hier in völlig unbekanntem Gelände und wir wissen absolut gar nichts über diesen Wald. Ich weiß nicht, was für Tiere hier leben oder ob wir hier auf Orks treffen können.

Ich denke, wir werden uns auch vor den Schattenelfen in Acht nehmen müssen. Sie werden bestimmt ihre Späher in diesem Wald haben. Vielleicht noch nicht hier, aber an der Grenze zu den Bergen bestimmt."

Nubgar grummelt in seinen Bart. „Wölfe und Berglöwen wird es hier mit Sicherheit geben. Bären wohl auch."

Das finden Milaileé und ich nun nicht sonderlich schlimm, denn mit diesen Tieren kennen wir uns aus und wissen, dass uns von ihnen normalerweise keine wirkliche Gefahr droht.

Am Morgen werden wir durch die Sonnenstrahlen geweckt, die durch die Baumwipfel brechen. Ich habe nach meiner Wache entspannt geschlafen und bin ausgeruht. Die Geräusche des Waldes haben dafür gesorgt, dass sich bei mir ein Gefühl von Sicherheit entwickelt hat. Die Zwerge sind jedoch etwas unruhiger. Sie fühlen sich sichtlich nicht sehr wohl unter den Bäumen. Anders als das kleine Fichtenwäldchen, welches wir vor ein paar Tagen durchquert haben, besteht dieser Wald hauptsächlich aus großen, alten Eichen.

Wir brechen nach einem kurzen Frühstück auf und gehen nach Norden. Milaileé und ich übernehmen die Führung und die Zwerge folgen uns. Amüsiert stelle ich fest, dass sie ihre neuen Äxte fest umklammert halten. Immer wieder wendet sich ihr Blick nach rechts und links in die Bäume.

„Die Bäume werden euch nicht anfallen, vor denen braucht ihr keine Angst zu haben." Ich kann mir den spöttischen Kommentar nicht verkneifen und lache leise in mich hinein.

Der Wald wird immer dichter, je weiter wir in ihn eindringen. Da wir keinerlei Gefahr begegnen, entspannen sich die Zwerge mit der Zeit ein wenig. Die Geräusche hier im Wald unterscheiden sich nicht wesentlich von denen in unserer Heimat. Als wir eine kleine Lichtung erreichen, beschließen wir, hier unser Nachtlager aufzuschlagen. Wir haben zwar noch zwei Stunden Tageslicht, aber der Platz ist zu gut geeignet, um ihn zu ignorieren.

Milaileé geht in den Wald und will uns etwas Frisches zu essen besorgen. Auch müssen wir unsere Vorräte auffüllen, denn wir wissen nicht, was in den Bergen auf uns wartet. Wir fühlen uns hier sicher genug, um ein kleines Feuer zu entzünden. Milaileé ist bei ihrer Suche erfolgreich gewesen und kommt mit einigen Wurzeln und Knollen zurück. Zusätzlich hat sie ein paar wilde Zwiebeln und Kräuter gesammelt. Satt und zufrieden lehnen wir uns zurück und ich gönne es mir, ein paar Minuten lang in die Flammen zu sehen.

Das Heulen eines Wolfes weckt mich aus meiner Träumerei. In der Ferne ertönt die Antwort. Wir müssen uns jedoch keine Gedanken machen, denn das Heulen entfernt sich von uns. Bald darauf legen wir uns zur Ruhe.

Am nächsten Morgen, als wir gerade aufbrechen wollen, entdeckt Milaileé einen Pfeil, der in einem Baum steckt.

Nubnus schaut ihn sich an. „Ich kenne diese Art von Befiederung. Die Schattenelfen waren hier."

Milaileé und ich schauen uns an. „Das ist eine Warnung. Die Elfen wollen uns offensichtlich nicht hier haben." Wir erzählen den beiden noch einmal von unserer Begegnung mit Dathodar. „Der Pfeil bedeutet, dass wir nicht unbemerkt geblieben sind.

Wir müssen von nun an aufpassen, denn ich denke, die Schattenelfen sind gefährlicher als die Orks."

Nubnus pflichtet mir bei und wir machen uns auf den Weg. Milaileé und ich erkunden abwechselnd die Umgebung. Dadurch kommen wir deutlich langsamer voran.

Der Wald ist friedlich und das Sonnenlicht, gefiltert durch die Blätter der Bäume, taucht ihn in ein grünes Zwielicht. An diesem Tag lassen uns die Schattenelfen in Frieden und wir finden auch keine weitere Warnung von ihnen. Noch bei Tageslicht suchen wir uns einen geeigneten Lagerplatz und finden eine helle, freundliche Lichtung mit einem kleinen Bach in der Nähe. Vorräte haben wir noch genug, sodass wir nur ein wenig Brennholz sammeln müssen.

Nubnus beäugt den Holzstapel skeptisch. „Meint ihr nicht, dass ein Feuer uns verraten wird?"

Milaileé und ich schütteln gleichzeitig den Kopf. „Die wissen genau, wo wir sind, auch ohne Feuer. Warum sollten wir also auf diese Annehmlichkeit verzichten?"

Die Zwerge schauen sich unruhig um.

„Wir werden sie nicht sehen, wenn sie es nicht wollen." Milaileé macht eine ausholende Handbewegung in Richtung Wald.

Ihre Unbekümmertheit wundert mich ein wenig. Ich erinnere mich an unser kurzes Intermezzo mit Dathodar und bin mir gar nicht mehr so sicher, dass es eine gute Idee ist, diese Elfen zu suchen. Der Pfeil in dem Baum heute Morgen zeigt eindeutig, dass wir nicht willkommen sind. Und wir sind nur vier. Ich behalte diese Gedanken allerdings für mich. Wir sind schon so weit gekommen.

Ich übernehme mit Nubgar die erste Wache. Wir setzen uns etwas abseits des Feuers und ich beschäftige mich damit, aus dem Holz, das ich heute gesammelt habe, Pfeile zu schnitzen. Ich habe keine Federn finden können, also nutze ich zur Befiederung Blätter und Farn.

Sie werden nicht allzu genau sein, aber besser als nichts sind sie auf jeden Fall. Es ist nicht gerade einfach, den Schaft nur mit einem Messer gerade hinzubekommen, aber ich habe ja im Moment nichts Besseres zu tun. Kurz vor Ende unserer Wache, das Feuer ist zu einem rotglühenden Haufen niedergebrannt, fällt mir auf, dass die Geräusche des Waldes verstummt sind.

Ich stoße Nubgar an. „Hörst du das?"

Nervös springt er auf. „Nein, ich höre nichts, es ist alles ruhig", sagt er nach einer kurzen Weile.

„Ja, keine Geräusche mehr. Irgendetwas stimmt nicht, weck die anderen."

Bei meinen Worten spanne ich den Bogen und nehme die fünf Pfeile, die ich vorbereitet habe, zur Hand. Ich gehe davon aus, dass es sich nicht um die Elfen handelt, sondern eher um ein Raubtier, welches sich uns als Beute ausgesucht hat.

Ich lege noch ein wenig Holz auf die Glut und fache das Feuer wieder an. Im Licht des auflodernden Feuers blitzen mehrere Augenpaare am Rande unseres Lagers auf. Die anderen sind leise und ruhig aufgestanden und halten ihre Waffen bereit. Ein leises, drohendes Knurren dringt zu uns herüber. Toll, ein Rudel Wölfe hat uns noch gefehlt.

Ein Einzelgänger wäre mir deutlich lieber gewesen. Den hätten wir mit Leichtigkeit vertreiben können. Bei einem Rudel Wölfe sieht es jedoch ganz anders aus.

Ich zähle acht Tiere und sie haben uns eingekreist. Langsam kommen sie näher. Das Feuer scheinen sie nicht zu fürchten, also müssen sie verzweifelt sein. Dieser Umstand macht mich nun auch nervös. Als sie in den Schein der Flammen treten, muss ich schlucken.

Die Tiere sind riesig. Ihr Fell ist schwarzgrau und die zurückgezogenen Lefzen entblößen beeindruckende Reißzähne.

„Wieso ist hier im Norden eigentlich immer alles zwei Nummern zu groß?" Leise fluche ich vor mich hin.

Auch wenn ich es ungern tue, schieße ich auf den Wolf, der mir am nächsten steht. Leider sind meine Pfeile nicht annähernd so brauchbar, wie ich gehofft habe. Das Geschoss geht weit an meinem Ziel vorbei und das Tier zeigt sich in keinster Weise beeindruckt. Ich habe irgendwie das Gefühl, dass es mich gerade auslacht. Es lässt mir gerade genug Zeit, den Bogen fallen zu lassen und mein Schwert zu ziehen, bevor es mich auch schon anspringt. Ich weiche zur Seite aus und schlage mit der Klinge nach seiner Flanke. Ich kann seine Haut nur ein wenig ritzen, sein Fell schützt ihn beinahe so gut wie eine lederne Rüstung.

„War ja klar. Warum sollte hier ein Wolf auch einfach nur ein Wolf sein?"

Meine Flüche überschneiden sich mit denen der anderen, sie hatten also auch nicht mehr Erfolg als ich. Ich beginne, mich nach meiner Heimat zu sehnen, und frage mich, was ich hier überhaupt tue.

Spätestens nun ist mir klar, dass wir es nicht mit der Art von Wölfen zu tun haben, die wir aus unserer Heimat kennen. Ich habe aber keine Zeit, mich länger zu wundern, denn ein zweites Tier schnappt nach meinen Beinen. Ich schlage seinen Schädel mit meinem Schwert beiseite, kann aber ebenso wenig Schaden anrichten wie bei dem ersten Wolf. Ich gestatte mir einen kurzen Blick zu den anderen.

Milailﾭ hat ähnliche Schwierigkeiten wie ich. Die Zwerge haben mit ihren neuen Äxten etwas leichteres Spiel, sie sind jedoch nicht so flink und die Wölfe können ihren Schlägen meistens ausweichen. Allerdings bluten sie schon aus mehreren Wunden. Nun muss ich mich auf die beiden Wölfe konzentrieren, die vor mir stehen und sich auf den nächsten Angriff vorbereiten. Als sie den Angriff starten, springe ich mit aller Kraft nach vorne und über sie hinweg.

Als ich über ihnen bin, schlage ich nach dem Rücken des einen Wolfes. Wieder kann ich ihm nur einen oberflächlichen Kratzer beibringen. Als ich am Boden aufkomme und mich umdrehe, fliegen die beiden schon auf mich zu. Ich kann gerade noch die Klinge zwischen mich und das mächtige Gebiss des einen Wolfes bringen. Den zweiten kann ich leider nicht abwehren. Ich spüre, wie die Zähne durch das Leder meiner Stiefel dringen und sich in mein Fleisch graben. Es ist nicht tief, aber es schmerzt und ich kann mich nicht aus der Umklammerung der beiden befreien.

Ich schaffe es schließlich, den Wolf, der es auf meine Kehle abgesehen hat, etwas wegzustoßen, und kann die Klinge gerade noch nach vorne bringen, als er schon wieder heran ist. Der Wolf spießt sich daran selbst auf und ein heißer Blutstrahl schießt mir ins Gesicht. Super, nun kann ich nichts mehr sehen und ich habe immer noch den zweiten Wolf, der sich in meinem Bein festgebissen hat. Das aufgespießte Tier ist tot über mir zusammengebrochen. Sein Gewicht drückt mich zu Boden und ich stecke in ernsthaften Schwierigkeiten.

Der zweite hat inzwischen mein Bein losgelassen und nähert sich meinem Gesicht.

Ich ziehe an meinem Schwert, aber es steckt fest. Ich drehe den Kopf, um nach einem Ausweg zu suchen, da sehe ich die kurzen Beine von Nubnus. Er schlägt mit seiner Axt nach dem Wolf und kann ihn ein wenig zurückdrängen. Er zerrt den Wolf von mir herunter und kümmert sich dann sofort wieder um seinen Gegner. Das Schwert mit beiden Händen umklammert, gelingt es mir endlich, es aus dem Kadaver zu ziehen. Ich wische mir das Blut mit meinem Handrücken aus dem Gesicht, was allerdings nur ein wenig Abhilfe schafft.

Keinen Augenblick zu früh. Das Tier springt mich an und ich verliere beinahe ein weiteres Mal das Gleichgewicht. Ich kann mich mit einem Ausfallschritt nach hinten fangen, stehe aber nun sehr dicht am Feuer. Ich kann die Hitze an meinen Beinen spüren.

In meiner Verzweiflung nehme ich einen brennenden Ast heraus und schlage gleichzeitig mit dem Schwert in der anderen Hand nach dem Wolf. Der Effekt ist allerdings nicht ganz so, wie ich erwartet habe. Ich habe gedacht, den Wolf damit auf Abstand halten zu können, um mir mein weiteres Vorgehen überlegen zu können. Ich schaffe es, den Wolf mit dem brennenden Holzscheit zu berühren. Das Fell des Tieres fängt sofort Feuer. Panisch aufheulend setzt der Wolf mit großen Sätzen in den Wald und ist bald in der Dunkelheit verschwunden.

Ein kurzer Blick in die Runde zeigt mir, dass noch fünf Wölfe am Leben sind. Ich nehme weitere Äste aus dem Feuer und werfe damit, nachdem ich den anderen meine Beobachtung zurufe, nach ihnen. Nachdem zwei weitere getroffen wurden und ihr Fell in Brand geraten ist, beschließen die anderen, dass wir wohl doch keine so lohnende Beute sind, und fliehen in den Wald.

Nach Atem ringend stehen wir um das Feuer und warten noch einen Augenblick ab. Nachdem wir uns sicher sind, dass das Rudel nicht wiederkommt, setzen wir uns und untersuchen unsere Wunden.

Ich habe nur den Biss in die Wade davongetragen und er ist nicht wirklich schlimm. Das Leder meiner Schuhe allerdings ist hinüber. Ein paar Brandblasen an den Händen, das war es auch schon. Nubgar hat es etwas schlimmer erwischt, er blutet aus einer Bisswunde am Unterarm. Die anderen beiden haben keine Verletzungen erlitten. Wir säubern und verbinden unsere Wunden und versuchen erfolglos, noch ein wenig Schlaf zu bekommen.

Da wir keine Ruhe finden, brechen wir noch vor Morgengrauen auf. Ich kundschafte den Weg vor uns aus. Zwei Stunden bin ich den anderen voraus, als ich eine Gestalt zwischen zwei großen Eichen stehen sehe. Vorsichtig nähere ich mich ihr. Es ist Dathodar, der mit beiden Klingen in den Händen dort steht und auf mich wartet. Da ich mich gut an seine Schnelligkeit erinnere, ziehe ich vorsichtshalber mein Schwert. Gelassen sieht er mir entgegen.

Leicht schüttelt er den Kopf, wie um sein Bedauern auszudrücken. „Ich hatte euch gewarnt. Es ist nicht eure Angelegenheit, ihr sollt euch heraushalten. Auch unsere Warnung habt ihr ignoriert. Jetzt müsst ihr es leider auf die harte Tour lernen." Er lässt die Klingen über die Handgelenke kreisen und kommt langsam auf mich zu.

Ich mache mich schweigend bereit, denn mir ist klar, dass hier Worte nicht helfen werden.

Ich hoffe, dass Delavar in unseren Archiven etwas über diese mysteriösen Elfen herausfinden kann.

Wir werden, wenn wir das Gebirge überhaupt erreichen, keine Informationen sammeln können. Das wird mir klar, als ich meinem Gegenüber in die Augen sehe. Dann zwinkert er mir zu und ist mit einem Satz bei mir. Seine rechte Klinge wirbelt an meinem Hals vorbei, während ich die linke abblocken kann und mich gleichzeitig in dieselbe Richtung wegdrehe. Dieses Mal überrascht er mich nicht und ich gehe sofort, ohne innezuhalten, in den Konter über. Da mein Schwert seine Klinge nach unten weggeschlagen hat, täusche ich einen Stich zu seinen Beinen an, um dann einen Ausweichschritt nach links zu machen und die Klinge auf seinen Arm niedergehen zu lassen. Da mir durchaus bewusst ist, dass er meine Täuschung durchschaut und auch den Schlag danach erwartet, setze ich mit einem Rückhandschlag nach und komme seinem Bauch gefährlich nahe, auch wenn ich ihn nicht treffe. Mit dem dritten Schlag hat er nicht gerechnet, aber dank seiner Geschwindigkeit kann er sich unbeschadet aus der Gefahrenzone entfernen. Auch er zögert nicht lange und greift sofort an. In einem silbernen Tanz umkreisen wir uns.

Die Stille des Waldes wird durch das Sirren und Klingen der Waffen durchbrochen. Wir drehen uns um einander, jeder drängt den anderen mal einen Schritt zurück, wird dann selbst einen Schritt zurückgedrängt. Ein scharfer Schmerz an meinem rechten Oberschenkel zeigt mir, dass ich zu langsam gewesen bin.

Ich habe keine Zeit, mir diese Verletzung anzusehen, denn ich muss mir mit meiner einen Klinge die beiden silbernen Schemen, die vor meiner Nase herumwirbeln, vom Leibe halten. Damit bin ich derzeit vollauf beschäftigt, zu einem Konter komme ich nicht.

186

Dann gelingt es mir, beide Waffen mit meinem Schwert beiseite zu schlagen.

Sofort setze ich zu einem Stich nach, merke aber zu spät, dass es sich um eine Falle handelt. Dem Stich in meine linke Schulter kann ich nicht entgehen. Der Schmerz sorgt dafür, dass mir kurzfristig schwarz vor Augen wird. Als ich wieder sehen kann, sehe ich den Knauf seiner Waffe auf mein Gesicht zukommen. Den scharfen Schmerz spüre ich nur sehr kurz, dann wird mir endgültig schwarz vor Augen und ich merke meinen Sturz auf den Waldboden schon nicht mehr.

Als ich die Augen öffne, kann ich verschwommen Milaileés besorgtes Gesicht erkennen. Sie verbindet gerade meine Schulter. Meine Sicht klärt sich, aber als ich mich ein wenig aufrichten will, schießt ein stechender Schmerz durch meinen Hinterkopf und ich lasse mich wieder zurücksinken. Ich habe mir bei meinem Sturz wohl den Kopf an einer Baumwurzel angeschlagen. Die Schulter und auch die Wunde am Bein schmerzen dafür überhaupt nicht. Mein Blick schweift umher. Ich sehe die Zwerge, die mit gezückten Äxten um uns beide herumstehen.

Milaileé grinst mich schief an. „Mit wem hast du dich denn angelegt? Ein Wolf war das wohl nicht."

Ich schüttele den Kopf, nur um diese Bewegung sofort zu bereuen. „Dathodar hat mich hier erwartet."

Sie zieht die Augenbrauen hoch. „Vielleicht sollten wir lieber umdrehen", sagt sie leise. Besorgt schaut sie in den Wald.

Die Zwerge gesellen sich zu uns. „Wir können jederzeit zurückgehen. Noch sind wir heil und an einem Stück."

Insgeheim muss ich ihnen recht geben, aber ich bin überzeugt, dass er mich aus einem bestimmten Grund nicht getötet hat und wir außerdem herausfinden müssen, was es mit diesem geheimnisvollen Elfenstamm auf sich hat.

„Er hat mich nicht getötet, obwohl er die Gelegenheit dazu hatte. Vielleicht wollen sie auch nur unsere Entschlossenheit auf die Probe stellen."

„In Ordnung", meint Milaileé, wobei sie allerdings nicht sehr überzeugt klingt, „aber dann bleiben wir den Rest des Tages und die Nacht über hier!"

Ich kann ihr schlecht widersprechen. Als ich nun doch aufstehe, muss ich mich beinahe übergeben, so stark dröhnt es in meinem Kopf. Ich lasse die anderen das Lager errichten und schließe die Augen. Immer wieder gehe ich in Gedanken den Kampf gegen den Elfen durch. Ich muss mir eine Strategie gegen seine zwei Waffen einfallen lassen. Noch einmal möchte ich mich nicht so vorführen lassen.

Über meine Gedanken muss ich eingeschlafen sein, denn als ich die Augen wieder öffne, schaue ich in ein munteres Feuer. Ein kleines Reh dreht sich an einem hölzernen Gestell über den Flammen und verströmt einen köstlichen Duft. Die Kopfschmerzen sind zum Glück weg. Dafür merke ich die Verletzungen in der Schulter und am Bein nun doch. Als ich versuche, den linken Arm zu heben, muss ich einen Schmerzenslaut unterdrücken.

Wie konnte ich nur auf seine Finte hereinfallen? Aranáreb, mein Schwertlehrer, würde mir gehörig die Meinung geigen. Seinen Gesichtsausdruck kann ich deutlich vor mir sehen. Ich stehe auf, nehme mein Schwert und ziehe mich ein wenig vom Feuer zurück.

Langsam fange ich an, einige Übungen, die ich damals als Aufwärmübung für mein Training gelernt habe, zu absolvieren. Ich muss unbedingt schneller werden und meine Hiebe müssen noch präziser sein als ohnehin schon. Bei unserem nächsten Aufeinandertreffen wird dieser Dathodar sein blaues Wunder erleben. Zumindest hoffe ich das. Denn einen wirklichen Plan habe ich immer noch nicht. Ich ignoriere den Schmerz in Schulter und Bein und nach einiger Zeit wird es tatsächlich etwas besser.

Nach einer Stunde kommt Nubgar auf mich zu und unterbricht mich. „So, Sil'ir, ich denke, es reicht jetzt. Komm zu uns und nimm etwas von dem Braten." Er schaut mich mit gerunzelter Stirn an. „Milaileé wird deinen Verband wechseln müssen."

Als ich innehalte, merke ich, wie es mir warm den Arm hinabläuft.

Der Verband, den Milaileé mir um die Schulter gebunden hat, ist blutgetränkt. Mist. Nubgar hat recht, ich sollte aufhören. Seufzend gehe ich zu den anderen.

Nubnus und Milaileé schauen mich wortlos an. In Nubnus' Augen sehe ich Unverständnis, in Milaileés eine Mischung aus Tadel und Zustimmung.

Entschuldigend setze ich mich zu ihnen. „Ich weiß, ich bin unvernünftig. Aber ich bin überzeugt, dass wir weiter müssen, um dieses Rätsel zu lösen. Und ohne Übung wird er das nächste Mal wieder siegen. Das kann ich ihm nicht erlauben."

Nubnus sagt nichts, sondern reicht mir nur ein Stück Braten.

Milaileé nickt.

„Ich glaube, dass du recht hast. Aber für heute lass es gut sein.

Wir bleiben wohl auch noch den morgigen Tag hier, wenn ich mir deine Wunden so ansehe. Da kannst du es langsam angehen lassen."

Sie nimmt den Verband ab und ich sehe zum ersten Mal das Loch in meiner Schulter. Ich habe wirklich Glück gehabt. Keine Sehnen und Muskeln sind verletzt worden.

Die Zwerge kümmern sich heute Nacht um die Wachposten und ich kann durchschlafen. Milaileé legt sich zusammen mit mir hin und ich kann ihren Atem in meinem Nacken spüren. Ihre Finger zeichnen die Kontur meines Armes nach, bis sie den Arm um mich legt und wir gemeinsam einschlafen.

Am nächsten Morgen erwache ich als erster. Nur Nubgar, der die Morgenwache übernommen hat, sitzt am Feuer. Ich streife Milaileés Arm vorsichtig ab und stehe auf. Einige Augenblicke schaue ich auf sie hinab und meine Gedanken schweifen in eine Zukunft, die es vielleicht für uns geben kann. Dann nehme ich mein Schwert und beginne mit meinen Übungen.

Dieses Mal gehe ich etwas vorsichtiger vor und als die anderen wach sind und ich mich zum Frühstück ans Feuer setze, ist meine Wunde nicht wieder aufgegangen.

Nach dem Essen sitzen wir um das Feuer und wissen nicht so richtig, wie es weitergehen soll. Wir sind unschlüssig, ob wir weiter gehen sollen oder ob es vernünftiger ist, umzukehren und auf Delavars Nachforschungen zu hoffen.

„Wir können uns nicht mehr an das Gebirge heranschleichen, denn ich denke, dass wir unter ständiger Beobachtung stehen", beginnt Milaileé, „also können wir auch genauso gut offen durch den Wald marschieren und am Gebirgsrand nach Informationen suchen."

190

Die Zwerge nicken bestätigend. „Irgendwann werden wir den Schmalhans auf dem falschen Fuß erwischen, dann wird er nicht darum herum kommen, uns das eine oder andere zu erzählen." Mit einem Grinsen streichelt Nubnus bei diesen Worten seine Axt.

„Ja, solange er nicht seine Freunde mitbringt. Ich hoffe, dass nicht alle aus seinem Stamm so gute Kämpfer sind." Ich streiche bei diesen Worten über meine Schulter.

Der Schmerz hat sich in ein stetes Ziehen gewandelt. Mir kommen Disurs Worte in den Sinn. Dämonen hat er die Schattenelfen genannt. Unsicher erinnere ich die anderen an seine Worte. „Wenn Disur diese Elfen Dämonen nennt, so sollten wir das ernst nehmen."

„Pah", sichtbar erregt spuckt Nubgar aus, „vor einem Gegner Respekt zu haben, ist nicht dasselbe, wie ihn zu fürchten, und ich sage dir: Zwerge fürchten keinen Gegner. Und Disur schon gar nicht. Respekt ja, Furcht bestimmt nicht."

Nubnus legt seinem Bruder die Hand auf den Arm. „Ich glaube nicht, dass unser Elfenfreund Disur Furcht vorwirft. Ich denke, er hat den Tonfall nur ein wenig missverstanden."

So bleiben wir diesen Tag noch an unserem jetzigen Lagerplatz. Wir sind uns einig, dass wir weiterziehen werden, vielleicht erfahren wir ja noch Genaueres. Ich nutze die Zeit, um einen Schattenkampf mit Dathodar auszufechten. Ich bemühe mich, mir seine Bewegungen und Schläge in Erinnerung zu rufen, und versuche, eine Lösung dagegen zu finden. Irgendwann gesellt sich Milaileé dazu und auch die Zwerge machen mit.

Wir müssen einen seltsamen Anblick bieten.

Zwei Elfen und zwei Zwerge, die zuerst gegen Schatten, später gegeneinander kämpfen. Auch wenn unsere Übungen einen ernsten Hintergrund haben, komme ich nicht umhin, Spaß daran zu entwickeln.

Am Abend kann ich die Schulter zwar schon ohne Schmerzen bewegen, aber ich kann den Arm noch immer nicht höher als die Waagerechte halten. Erschöpft aber zuversichtlich sitzen wir um das Feuer und verzehren die Reste des Rehs.

Am Morgen brechen wir frühzeitig auf. Wir bemühen uns nicht, leise zu sein und schicken auch keinen Kundschafter mehr voraus. Es hat keinen Sinn, denn wenn die Elfen uns tatsächlich angreifen sollten, dann wollen wir lieber zu viert sein. Tatsächlich werden wir an diesem Tag nicht behelligt.

Als wir am Abend jedoch nach einem Lagerplatz suchen, bemerken wir den Geruch eines Holzfeuers. Auch dringen leise Geräusche zu uns. Vorsichtig begeben wir uns in die Richtung. Die Geräusche werden lauter und wir können hören, dass es sich um Stimmen handelt. Es handelt sich um die grobe Sprache der Orks, aber es ist noch eine andere Stimme dabei. Langsam schleichen wir uns an die Sprecher heran.

Durch ein dichtes Farngebüsch fällt unser Blick auf das Lager von zehn Orks. In der Mitte lodert ein großes Feuer, über dem ein Topf hängt. Die Orks sitzen in einem Halbkreis davor. Auf der anderen Seite steht ein Elf.

Es ist nicht Dathodar. Er sieht ihm zwar ähnlich, aber die Haare sind kurzgeschoren und seine Kleidung ist anders. Ich kann nicht genau benennen, was der Unterschied ist, aber irgendwie sieht sein Gewand edler aus als die praktische Kleidung, die Dathodar trägt.

192

Der Elf spricht in der Sprache der Orks und so können wir leider nichts verstehen. Die Kreaturen hören dem Elfen jedoch schweigend zu.

Wir beobachten die Szenerie ein wenig und wollen uns gerade zurückziehen, als der Elf aufsteht und einen Schritt auf die Orks zugeht. Ein blaues Leuchten geht von der linken Hand des Orks aus. Ich kneife die Augen ein wenig zusammen und versuche, den Gegenstand, den er hält, zu erkennen. Er scheint eine Art Stein in der Hand zu halten. Von diesem geht das Leuchten aus, das seine Hand umgibt. Ein Blick zu meinen Gefährten zeigt mir, dass sie es ebenfalls bemerkt haben.

Der Ork steht auf und geht dem Elfen langsam entgegen. Der Kleidung nach zu urteilen handelt es sich um den Schamanen der Orks. Vor dem Elfen angekommen kniet er nieder und streckt beide Hände mit der Handfläche nach oben zu dem Elfen aus. Auf der Handfläche liegt der Stein. Die Hände des Elfen zucken und es sieht kurz so aus, als wollte er den Stein nehmen. Dann nickt er und tritt einen Schritt zurück. Der Schamane erhebt sich und dreht sich zu den seinen um. Er hebt den Stein in die Luft und ruft etwas, das wir natürlich nicht verstehen können.

Die Orks stehen auf und stampfen mit den Füßen auf den Boden. Ihre Rufe drücken Begeisterung aus. Der Elf ruft die Truppe zur Ordnung, spricht noch etwas und verschwindet dann in die einbrechende Dunkelheit.

Wir beobachten die Orks noch ein wenig, aber sie wenden sich nun ihrer Mahlzeit zu und wir müssen uns ebenfalls um einen geeigneten Lagerplatz kümmern. Wir gehen noch eine Stunde weiter, um einen ausreichenden Abstand zwischen uns und die Orks zu bringen.

Auf ein Feuer verzichten wir und müssen unser Essen kalt zu uns nehmen.

„Wir sollten versuchen, diesen seltsamen Stein zu bekommen." Nubnus unterbricht das nachdenkliche Schweigen.

Sein Bruder pflichtet ihm bei: „Dieser Stein hat bestimmt etwas mit der Unverwundbarkeit der Orks zu tun. Schade, dass wir bei den anderen nichts gefunden haben."

Milaileé und ich schauen uns an. Wir sind uns ebenfalls einig. Diese Gelegenheit sollten wir uns wirklich nicht entgehen lassen.

Behutsam äußert sie sich: „Aber es sind zehn von ihnen. Wir müssen uns einen guten Plan zurechtlegen. Gegen eine solche Zahl unverwundbarer Gegner werden wir chancenlos und nach wenigen Augenblicken tot sein."

Ich kann meiner Gefährtin nur zustimmen. „Wenn wir die Gruppe offen angreifen, haben wir keine Chance. Wenn wir sie nicht verletzen können, werden wir in kürzester Zeit niedergemacht. Wir müssen uns zuerst um den Schamanen kümmern."

Nubgar nickt zustimmend. „Wir müssen sie beobachten. Auch sollten wir vor der Morgendämmerung wieder zu den Orks gehen und ihnen den Tag über folgen. In der Nacht ergibt sich vielleicht eine Gelegenheit, irgendetwas wird uns schon einfallen."

Wir stimmen seinem Vorschlag zu und legen uns zur Ruhe.

Als wir noch vor Tagesanbruch die Orks erreichen, liegen diese um das erloschene Feuer und schnarchen lautstark. Wir zählen nur acht von ihnen, haben bei unserem Weg hierher aber keine Wachen entdeckt.

Vielleicht sind die beiden fehlenden Kreaturen auf der Jagd nach dem Frühstück.

Wir machen es uns in dem Gebüsch, das schon gestern unser Versteck gewesen ist, gemütlich und warten ab. Als die Sonne den Lagerplatz beleuchtet, stehen die Kreaturen nacheinander auf. Sie entfachen ein neues Feuer und stellen den Topf wieder darauf. Nach einer Weile kommen die zwei fehlenden Orks zum Lager zurück. Zwischen sich tragen sie ein Wildschwein, was von ihren Leuten mit erfreuten Rufen zur Kenntnis genommen wird. Sie machen keine Anstalten, bald aufzubrechen. Anscheinend wollen sie den Tag in ihrem Lager verbringen.

Mir kommt ein unschöner Verdacht. „Wenn die auf eine weitere Truppe warten und sich mit dieser vereinen, haben wir keine Chance, den Stein zu bekommen, ganz gleich, was wir uns für einen Plan zurechtlegen. Wir sollten rasch handeln."

Meine drei Begleiter murmeln zustimmend. Leider haben wir keine vernünftigen Pfeile, so kommt es nicht in Frage, den Schamanen mit einem gezielten Schuss auszuschalten. Wenn der daneben geht, aktiviert er den magischen Schutz und dann sitzen wir in der Klemme.

Milaileé hat allerdings einen Plan.

„In der Abenddämmerung schleiche ich mich an die Kreaturen heran und schalte den Schamanen aus. Dann müsst ihr jedoch schnell sein und mich da herausholen. Durch das Überraschungsmoment haben wir vielleicht eine gute Chance."

Da wir keinen besseren Plan haben, stimmen wir ihr nach einigem Überlegen zu. Mir ist nicht ganz wohl dabei, aber ich weiß, dass Milaileé für diese Aufgabe genau die Richtige ist.

So machen wir es uns in unserem Gebüsch so bequem wie möglich und behalten die Orks im Auge. Diese sitzen faul um das Feuer herum und unterhalten sich. Wir können nichts verstehen, aber durch den Tonfall können wir heraushören, dass sie sich langweilen und es ihnen gar nicht recht ist, hier herumzusitzen.

Sie wenden sich am frühen Nachmittag ihren eindeutig alkoholhaltigen Getränken zu.

Das sehen wir gerne, denn dies wird uns unser Vorhaben deutlich erleichtern. Uns fällt auf, dass der Schamane und ein weiterer Ork nichts davon trinken und nüchtern bleiben. Die Trinkenden jedoch sind ausgelassen und wir freuen uns über das lautstarke Gezeche, erleichtert es doch unseren Plan erheblich.

Milaileé begibt sich zeitig in ihre Position. Sie geht erst einmal ein wenig zurück und umgeht das Lager in südlicher Richtung. Sehen können wir sie nicht, aber das war zu erwarten. Nachdem wir ihr eine halbe Stunde Zeit gegeben haben, machen wir uns ebenfalls bereit. Ich werde hier im Gebüsch warten und von dieser Seite angreifen, die Zwerge werden das Lager von Norden her überfallen. Die beiden Brüder werden sich den Ork vornehmen, der sich bis jetzt nicht an der Zecherei beteiligt hat. Ich kümmere mich um die anderen in der Hoffnung, dass Nubgar und sein Bruder schnell mit ihrem Gegner fertig werden.

Als Zeitpunkt haben wir vereinbart, dass wir losschlagen, wenn die Sonne gerade eben untergegangen ist. Das dauert noch ein wenig, nun heißt es warten. Ich beobachte den Schamanen genau, um den richtigen Moment nicht zu verpassen.

Dann ist es soweit, ich sehe eine Bewegung hinter ihm. Ich greife nach meinem Schwert und spanne die Muskeln an. Milaileé erwischt den perfekten Moment. Der Schamane steht gerade auf, da ist sie an ihn heran. Gleichzeitig brechen die Zwerge und ich aus dem Gebüsch und greifen die verdutzten Orks mit lauten Gebrüll an. Die Kreaturen sind so betrunken, dass ich drei von ihnen ausschalten kann, bevor sie überhaupt begreifen, was los ist.

Da die Krieger von unseren Klingen verletzt werden können, muss Milaileé Erfolg gehabt haben. Mein nächster Gegner hat seine Waffe bereits gezogen, aber es nützt ihm nicht viel. Er steht unsicher auf seinen Beinen und ich kann ihn mit einer einfachen Finte austricksen. Dann ist Milaileé an meiner Seite und ich habe Zeit, einen Blick auf die Zwerge zu werfen. Diese haben den nüchternen Ork in die Zange genommen und bald niedergestreckt. Die letzten vier Orks haben keine Chance und wir können ihnen rasch den Garaus machen. Im betrunkenen Zustand sind die Orks lange nicht so gefährlich wie nüchtern. Diese Gruppe war kein Vergleich zu den Jägern, die wir vor ein paar Tagen getroffen haben.

Der Stein findet sich in den Taschen des Umhanges, den der Schamane getragen hat. Milaileé nimmt ihn an sich und wir ziehen uns eilig zurück. Da wir nicht wissen, ob und wann die Verstärkung, wenn es sie denn überhaupt gibt, kommt, marschieren wir zwei Stunden mit hoher Geschwindigkeit nach Norden und kümmern uns dann erst um unsere Wunden. Milaileé und ich haben nichts abgekommen, aber Nubnus hat einen tiefen Schnitt in der Seite, der behandelt werden muss.

Wir machen ein Feuer, um etwas Wasser zu erhitzen, Nubnus legt sich auf sein Lager. Milaileé schaut sich nachdenklich den Stein an. Dann steht sie auf und geht zu Nubnus. „Ich möchte mir die Wunde einmal ansehen."

Ich kann den Stein in ihrer Hand erkennen. Sie legt ihn auf die blutende Wunde und schließt die Augen. Nubgar und ich halten beide inne und schauen gespannt zu. Der Stein leuchtet blau auf und wir können sehen, wie die Wunde sich langsam schließt. Die Blutung ist gestillt. Es wird wohl eine Narbe zurückbleiben, aber ansonsten ist die Wunde vollständig verheilt.

Fassungslos schauen wir Milaileé an. „Wie hast du das gemacht?" Nubgar und ich stellen die Frage gleichzeitig.

Nur Nubnus sagt nichts und schaut misstrauisch auf seine frisch verheilte Wunde. Milaileé schaut erst ihre Hände, dann uns ebenso erstaunt an.

„Ehrlich gesagt, habe ich keine Ahnung. Es war eher ein Gefühl, nach dem ich gehandelt habe, als Wissen." Sie schaut den Stein an. „Ich weiß nicht, was gerade geschehen ist. Irgendetwas in mir hat gesagt, was ich tun muss."

Der Stein hat sein Leuchten inzwischen verloren. Wir schauen ihn uns genau an. Er hat die Form eines Hühnereis. Das Material fühlt sich glatt an. Irgendwie wie polierter, grauer Speckstein. Sonst scheint er nichts Besonderes zu sein.

„Die Magie scheint sich in diesem Stein zu befinden. Aber ich weiß nicht, wie ich sie in Gang gesetzt habe, und ob ich es wiederholen kann."

Nubnus befühlt seine Wunde. „Pass gut auf den Stein auf. So etwas können wir später sicher brauchen. Egal, ob du weißt, wie es geht, oder nicht."

Wir können das Rätsel des Steins jetzt nicht lösen. Also lassen wir es erst einmal gut sein. Milaileé verpackt den Stein sicher in ihre Kleidung. Am nächsten Tag lichtet sich der Wald immer stärker und der Weg führt nun allmählich bergan. Wir verlassen die Ebene und nähern uns dem Gebirge. Als wir eine Lichtung am Waldrand erreichen, erwarten uns zwei Schattenelfen.

Beide sind in die grauen Umhänge gehüllt, die wir schon kennen, und halten ihre Waffen, jeweils ein leicht gekrümmtes Schwert, in den Händen. Offensichtlich erwarten sie uns. Sie sind uns unbekannt, Dathodar ist nicht dabei.

Da wir wissen, dass Reden keinen Zweck hat, ziehen wir seufzend ebenfalls unsere Klingen. Wir teilen uns so auf, dass ich mit Nubgar einem der Elfen gegenübertrete und Milaileé mit seinem Bruder dem anderen. Nubgar und ich greifen unseren Gegner gleichzeitig an, aber er ist sehr schnell und kann der Axt von Nubgar ausweichen und meine Schwertklinge parieren. Dann sehe ich erst einmal nicht viel außer den silbernen Schemen der elfischen Klinge vor meinen Augen. Auch Nubgar kann nichts ausrichten, der Elf ist zu schnell für seine Axt. Es gelingt mir, einen Rhythmus zu finden, und ich kann meinen Gegner auch ein wenig zurücktreiben.

Die Kampfkunst von diesem Dathodar scheint glücklicherweise nicht bei allen Schattenelfen verbreitet zu sein, denn unser Gegner ist zwar gut, aber nicht so gut, dass wir chancenlos wären. So haben wir unseren Gegner bald so weit, dass es Nubgar gelingt, ihn zu entwaffnen. Daraufhin dreht er sich um und sucht das Weite. Milaileé und Nubnus haben ihren Gegner ebenfalls in die Flucht schlagen können. Keuchend stehen wir auf der Lichtung.

„Wir haben den Stein und die Elfen sind uns nicht wohlgesinnt. Zu viert in ihr Land einzudringen, erscheint mir nicht gerade sinnvoll. Vielleicht ist es an der Zeit, umzukehren."

Ich muss Milaileé recht geben. Wenn wir es mit mehr als nur zwei von ihnen zu tun bekommen, dann stecken wir in Schwierigkeiten.

Nubnus schüttelt den Kopf. „Wir sind so weit gekommen. Hier ist noch nie jemand aus meinem Volk gewesen. Ich möchte mir das Gebirge anschauen. Ein wenig erkunden will ich es. Zumindest die Ausläufer. Dann können wir gerne umdrehen."

Seine Augen leuchten bei seinen Worten in kindlichem Eifer und machen Widerworte schwer. So gehen wir bis zum Abend weiter und schlagen ein Lager auf. Mir ist nicht wohl dabei, noch weiter vorzudringen, und auch Milaileé ist der Meinung, dass wir mit Erringen des magischen Steines unsere Mission erfüllt haben. Wenn wir aber die Zwerge beobachten, die ihren Eifer, neues Land zu erkunden, kaum zügeln können, dann schauen wir uns nur an und wissen, dass keines unserer Argumente gehört werden wird. Die beiden alleine in die Berge ziehen zu lassen, kommt natürlich nicht in Frage.

So ziehen wir am nächsten Morgen weiter in Richtung der Berge. Die Bäume lassen wir nach und nach zurück und erreichen eine zerklüftete Felslandschaft. Anfangs noch mit Gras und einzelnem Gestrüpp bewachsen, weicht dieses irgendwann dem Moos, bis schließlich nur noch karger Fels übrig ist. Der Blick nach oben zu den schneebedeckten Berggipfeln lässt mich frösteln

Die Brüder wuseln hierhin und dorthin und fachsimpeln über die Beschaffenheit des Gesteins. Die Beobachtung der Umgebung überlassen sie uns. Milaileé und ich können mit der felsigen Landschaft nicht allzu viel anfangen, uns fehlen die Vegetation und die Anzeichen von Leben.

Am Abend finden wir in einer kleinen Höhle, die die Zwerge entdeckt haben, Unterschlupf. Da die Elfen ohnehin von unserer Anwesenheit wissen, erlauben wir uns ein Feuer.

„Morgen wollen wir ein wenig weiter hinaufgehen", verkündet Nubnus schließlich.

Milaileé schüttelt leicht den Kopf. „Wir sollten uns hier nicht zu lange aufhalten. Nach eurem morgigen Ausflug gehen wir wieder zurück. Wir haben alles erfahren, was möglich ist."

Die beiden Zwerge nicken. „Ja, danach können wir zurück. Je länger wir uns hier aufhalten, desto gefährlicher wird es für uns. Sicherlich werden die Elfen es nicht zulassen, dass wir allzu tief in ihre Heimat eindringen."

Ein wenig überrascht uns ihre Einsicht, aber froh, bald von hier wegzukommen, halten wir uns mit weiteren Kommentaren zurück.

Am folgenden Tag kraxeln wir also weiter in das Gebirge. Die Sonne verbirgt sich hinter grauen Wolken und es fängt gegen Mittag an zu regnen. Hier oben ist der Regen eiskalt und es würde mich nicht wundern, wenn er in der Nacht als Schnee herunter kommt. Wir erreichen ein Plateau. Die Seite, auf der wir hinaufgekommen sind, war mühsam zu erklettern, und mir graut vor dem Rückweg. Auf der anderen Seite jedoch fällt ein Abgrund steil in die Tiefe. Vereinzelt kann ich ein paar Vorsprünge erkennen, sonst nur in der Tiefe wabernden Nebel. Ich trete rasch einen Schritt zurück.

Eine dumpfe Ahnung erfüllt mich und mein Herz klopft rasend schnell in meiner Brust. „Wir sollten hier verschwinden, lasst uns gehen." Meine Stimme zittert ein wenig.

Die Zwerge scheinen meine Einschätzung zu teilen, denn auch sie sind unruhig und nicken beide bestätigend. „Ja, du hast recht. Wir haben genug gesehen. Wir machen uns auf den Rückweg."

„Dafür ist es nun leider zu spät!" Eine kalte Stimme schallt über das Plateau. Die Gestalt eines Elfen schält sich aus den Schatten des Regens. Dathodar kommt mit langsamen Schritten auf uns zu. Seine zwei Klingen gezogen in den Händen. „Ihr wurdet mehrfach gewarnt, euch nicht einzumischen. Ihr wolltet nicht hören. Jetzt habt ihr die Konsequenzen zu tragen."

Mit diesen Worten beschleunigt er seine Schritte und stürzt auf uns zu. Er hat sich mich als ersten Gegner ausgesucht und ich kann gerade noch mein Schwert hochreißen und seinen beidhändig über Kreuz geführten Hieb parieren. Dann ist er schon weg und nimmt sich den nächsten von uns vor.

Wir haben keine Zeit, uns vernünftig aufzustellen. Dathodar ist unglaublich schnell und ich vermute, dass er sich magisch beschleunigt. So schnell kann kein Elf, geschweige denn ein anderes Lebewesen, auf natürliche Weise werden. Wir stehen über das Plateau verteilt und können keinen gemeinsamen Angriff koordinieren. Dazu kommt, dass der Regen unsere Sicht behindert und wir nicht sehen, was bei den jeweils anderen vor sich geht.

Ich nehme mich zusammen und greife ihn an. Er blockt meine Schläge mit einer Leichtigkeit ab, als wäre ich ein kleines Kind mit einem Holzstück als Schwert. Dann dreht er sich an einem von mir schräg geführten Hieb vorbei und stellt sein rechtes Bein hinter mich. Um seinen nächsten Hieb auszuweichen, kann ich nur einen Schritt nach hinten machen.

Dort falle ich über sein Bein und liege rücklings auf dem Felsen. Der Regen fällt mir in die Augen und ich sehe einige Augenblicke nichts mehr. Glücklicherweise muss er sich nun der Äxte der Zwerge erwehren und ich habe Zeit, wieder auf die Füße zu kommen.

Ich warte ab, bis er die beiden Zwerge abwehren muss, dann versuche ich, ihm die Klinge über die Kniekehlen zu ziehen. Ich kann nicht sagen, womit ich mich verraten habe. Er kann hinten schließlich keine Augen haben, aber er entzieht sich dem Schlag mit einem Sprung in die Luft. Sein Sprung ist so gut abgestimmt, dass er nur gerade eben über meine Klinge kommt und umgehend wieder landet. Dummerweise landet er auf meinem Schwert, welches ich so schnell nicht zurückziehen kann. Er drückt es damit auf den Boden und entwaffnet mich. Um von seinen wirbelnden Klingen wegzukommen, muss ich das Schwert loslassen und stehe nun waffenlos da. Die beiden Brüder und Milaileé stürmen gleichzeitig auf ihn zu und geben mir die Möglichkeit, meine Waffe wieder aufzuheben, da er vor den drei Klingen zurückweichen muss.

Als ich wieder aufrecht stehe, wird mir eiskalt. Ich sehe, wie er Nubgars wuchtigem Hieb ausweicht und Nubnus' Schlag abblockt. Gleichzeitig stößt er seine rechte Klinge in die Brust von Nubnus. Durch den Regen kann ich den Zwerg niedersinken sehen. Nubgar schreit gellend auf und stürzt sich auf den Elfen. Dieser jedoch dreht sich seitlich weg, zieht die Klinge aus dem Zwerg und stößt seinen Bruder mit einem Schlag seiner Schulter von sich. Dieser stürzt auf einen kleinen Felsen und steht nicht wieder auf.

Nun stehen Milaileé und ich diesem Gegner alleine gegenüber.

Außer dem Klirren der aufeinanderprallenden Klingen und unserem Atem ist eine Zeitlang nichts zu hören. Dann trennen wir uns und nutzen die Atempause, um ein wenig Luft zu holen. Sofort geht es wieder los. Dathodar blockt jeden unserer Schläge ab oder ist nicht mehr da, wo unsere Klingen auftreffen.

Verzweiflung wächst in mir. Wie sollen wir ihm beikommen? Da rutsche ich auf dem regennassen Untergrund aus und stürze auf den Felsen. Eine Weile sehe ich nur Sterne und kann mich nicht bewegen. Als ich wieder zu mir komme, haben Milaileé und Dathodar sich ein wenig entfernt. Ich wische mir den Regen aus den Augen – ist da auch Blut dabei? – und gehe auf etwas unsicheren Beinen zu den Kämpfenden. Der aufkommende Wind sorgt dafür, dass ich in dem Regenschleier kurz die Orientierung verliere. Als ich die Kämpfenden erreiche, sehe ich, wie Dathodar seine Klinge aus dem Körper von Milaileé zieht. Sie bricht vor ihm zusammen und er wendet sich mir zu. Die Zeit scheint stehen zu bleiben und mein Herz setzt aus.

Mir wird schwarz vor Augen und als sich mein Blick klärt, ist er schon bei mir und holt gerade zu einem wuchtigen Schlag aus. Mit einem Aufschrei werfe ich mich ihm entgegen und kontere den Schlag mit einer Kraft, der ich mir gar nicht bewusst gewesen bin. Das geht eine Weile hin und her und es gelingt mir, ihm mit einer Drehung des Handgelenkes seine linke Waffe aus der Hand zu prellen.

Wir umkreisen uns und der Todestanz geht weiter. Leider bemerke ich in meiner Trauer und meiner Wut nicht, dass wir sehr dicht an den Abgrund geraten.

Mit wuchtigen Hieben treibt er mich vor sich her und nach wenigen Augenblicken passiert das Unausweichliche. Ich stehe mit dem Rücken zum Abgrund und habe keine Möglichkeit mehr, auszuweichen.

Nach einem seitlich geführten Schlag, den ich nur beidhändig parieren kann, verliere ich das Gleichgewicht und kippe nach hinten in den Abgrund. Meine Reflexe funktionieren noch und ich bekomme gerade eben noch die Felskante zu fassen. Ich kann mich zwar festhalten und stürze nicht sofort in die Tiefe, aber über mir ragt die Gestalt des Schattenelfen auf. Seinen Tritten und Schlägen habe ich in meiner Position nichts mehr entgegenzusetzen. Bald schon lassen meine Finger ganz ohne mein Zutun den Felsen los. Die kalt grinsende Gestalt von Dathodar wird rasch kleiner.

Ich spüre, dass ich mehrfach gegen die Felswand pralle. Dann schlage ich auf. Ich muss einen der kleinen Vorsprünge erwischt haben, die ich vorhin gesehen habe. Trotzdem bin ich sicher, dass kein Knochen in meinem Körper mehr heil ist.

Eine Zeitlang liege ich im Regen und versuche vergeblich, gegen die Bewusstlosigkeit anzukämpfen. Ich schließe die Augen und ergebe mich meinen Schmerzen. Den körperlichen sowie den seelischen.

Ich weiß nicht, wie lange ich weggetreten bin, doch als ich meine Augen wieder öffne, kann ich eine zwergengroße Gestalt erkennen, die den Felsen hinabklettert. Als sie sich nähert, glaube ich, das zerschrammte und tränenüberströmte Gesicht von Nubgar zu erkennen.

Ich versuche, mich aufzusetzen, aber mein Körper gehorcht mir nicht und ich muss reglos warten, bis der Zwerg heran ist. Als er sich über mich beugt, schließe ich erschöpft die Augen und eine gnädige Bewusstlosigkeit senkt sich über mich.

Handelnde Personen

Elfen

Sil'ir	Ich-Erzähler
Milaileé	Kampfgefährtin
Delavar	Kampfgefährte
Dathodar	Schattenelf/Qorinsha Shrizardr

Zwerge

Dagan	Hauptmann der Torwache
Nubnus	Krieger, Bruder von Nubgar
Nubgar	Krieger, Bruder von Nubnus
Hoili	Krieger
Sesur	Krieger
Ruoism	Krieger
Toistrom	König der Zwerge
Rishock	Krieger
Haggnar	Zwergenkoch
Theran	Krieger am Südtor
Sulyla	Kriegerin
Gyllinn	Sprachlehrerin
Toran	Holzexperte
Disur	Hauptmann des nördlichen Tores
Thefur	Krieger bei Disur
Modijar	Krieger bei Disur
Fomnar	Krieger bei Disur
Thoibar	Krieger bei Disur
Cykina	Kriegerin bei Disur
Miklan	Kriegerin bei Disur
Glyklen	Kriegerin bei Disur

Elfenchronik, die Abenteuer des Elfen Sil'ir.
Band 1 – Der Beginn
Band 2 – Unter Zwergen
Band 3 – Schattenelfen